感悟一生的故事

智慧故事

曹金洪　编著

北方妇女儿童出版社
·长春·

图书在版编目（CIP）数据

智慧故事 / 曹金洪编著．-- 长春：北方妇女儿童出版社, 2010.6（2024.3重印）
（感悟一生的故事）
ISBN 978-7-5385-4661-3

Ⅰ.①智… Ⅱ.①曹… Ⅲ.①故事－作品集－世界 Ⅳ.①I14

中国版本图书馆CIP数据核字(2010)第083491号

智慧故事
ZHIHUI GUSHI

出 版 人　师晓晖
策 划 人　陶　然
责任编辑　于　潇　刘聪聪
开　　本　710mm×1000mm　1/16
印　　张　10.75
字　　数　200千字
版　　次　2010年6月第1版
印　　次　2024年3月第6次印刷
印　　刷　旭辉印务（天津）有限公司
出　　版　北方妇女儿童出版社
发　　行　北方妇女儿童出版社
地　　址　长春市福祉大路5788号
电　　话　总编办：0431-81629600

定　　价　49.80元

前言

是浮华的风带不走燥热的怅然，是盲动的雷也震不醒驿动的灵魂。这世间的一切，太多的幻想，太多的浮华，太多的……只有呼吸着的每一天，才感受到她的价值，她的真实。此刻，生命对于我们来说，只有一次，可以把握，可以珍惜。

于万千红尘中，我们不停地奔波着，劳碌着，快乐着也痛苦着，其目的就是为着生活，为着活着的质量。是血浓于水的亲情带着我们赤裸裸地来到这个尘世，当我们响亮的第一次啼哭，带给父母这一辈子最动听的音乐的同时，我们便与亲情紧密相连，永不可分了。也许前行的路荆棘丛生，也许前行的路坑坑洼洼，也许前行的路一马平川，但我们只要带着亲人们真切的惦念，带着亲人们殷殷的祈盼，就不会迷失前进的方向，就不会沉沦于泥潭沼泽里而不能自拔。

历经人生沧桑时，或许有种失落感，或许感到形单影只，这时，总会有一种朋友，无须形影相随，无须感天动地，无须多言，便心灵交汇，又能获得心灵的慰藉；在饱受风霜时，总会有一种朋友，无须大肆渲染，无须礼尚往来，无须唯美的表达方式，就能深深地感受到一种力量与信心，就能驱动前行的脚步。朋友无须多而在于精，友情也不必锦上添花，而在于雪中送炭。

童话故事里，我们经常看到王子吻醒了沉睡的公主，或是公主吻到中了魔法的青蛙，便可以幸福地结合在一起，永不分开。 在这世上，也许有一份真爱可以彼此刻骨铭心到地老天荒，也许有一种真情彼此生死相依到海枯石烂。而这份真情、这份真爱却因世事的沧桑而深入到人们的骨子里，成为人们心中永恒的痛。

爱，有时，真的就是一种感觉，一种魂牵梦萦的感觉；有时，真的就是一种意境，一种心手相携的意境；有时，又会是一种情怀，一种两情相悦的情怀……

也许，真的如他人所说吧，亲情、友情、爱情，抑或其他值得珍惜的情谊，只是一种修为。所有的绝美，也许应该有一个绝美的演绎过程。我们所能做的，就只有把这种“永存”记录下来，让更多人从中获得感悟，获得启迪。

岁月如歌，有一些智慧启发我们的思想；有一些感悟陪伴我们的成长；有一些亲情温暖我们的心房；有一些哲理让我们终生受益；有一些经历让我们心怀感恩……还有一些故事更让我们信心百倍，前进不止。一个个经典的小故事，是灵魂的重铸，是生命的解构，是情感的宣泄，是生机的鸟瞰，是探索的畅想。

这套丛书经过精心筛选，分别从不同角度，用故事记录了人生历程中的绝美演绎。

本套丛书共20本，包括成长故事、励志故事、哲理故事、推理故事、感恩故事、心态故事、青春故事、智慧故事、人格故事、爱情故事、寓言故事、爱心故事、美德故事、真情故事、感恩老师、感悟友情、感悟母爱、感悟父爱、感悟生活、感悟生命，每册书选编了最有价值的文章。读之，如一缕春风，沁人心脾。这些可贵的精神食粮，或许能指引着我们感悟“真”“善”“美”的真正内涵，守住内心的一份恬静。

通过这套丛书，我们不求每个人都幸福，但求每个人都明白自己在生活。在明白生命的价值后，才能够在经历无数挫折后依然能坦然地生活！

目录 Contents

♂ 一座独木桥

命 运

为社稷忍羞

沉默的代价

给　予

习 惯

一座独木桥

水能载舟，亦能覆舟。不要以为舟在水上就认为舟较之水高贵，别忘了舟能航行的根本是水的承载。

想象可以走多远

语　梅

有一个孩子在同学中的人缘并不好，因为经常“说谎”。譬如捡到了一枚怪异的石头，他会对同学们说：“这是一枚宝石，价值连城。”同学们当然哄堂大笑。可是他并不在意，他常会对身边的东西发表另外一种看法。久而久之，老师把他的问题告诉了他的父亲。父亲没有批评他，只是暗中观察。

有一次，孩子在泥地里捡到了一枚硬币，他神秘兮兮地拿给他的姐姐说：“这是一个古罗马造的硬币。”他姐姐拿过来看，却发现这是十分普通的旧币，只是由于受潮生锈，显得有些古旧罢了。姐姐便把这件事告诉了父亲，希望父亲好好惩罚他，让他改掉那种令人讨厌的“说谎”习惯。可是父亲听了却叫过孩子说：“我怎么能责备你呢，你的想象力真伟大。”

对于孩子父亲的怂恿行为，许多人都不以为然，认为这势必害了孩子，他长大以后会变成一个满口大话的虚伪之人。但是，谁也没有料到，这个孩子长大以后却成了著名的科学家，他的名字叫达尔文。

达尔文的“进化论”就是建立在超乎常人的想象和为此进行的大量实物证明之上的。没有想象，就没有“进化论”。

想象力是人类最宝贵的资源。没有想象力，人类的祖先不会一步步朝理想的人类进化得如此快速；没有想象力，世界也将远远落后于当今这个时代，甚至可能，我们还将生活在蛮荒时代；即便是到了今天，如果缺乏想象力，那我们的生活也会过得十分的单调与贫乏，全无趣味、浪漫可言了。

心灵寄语

想象使我们的生活变得更加美好，没有想象力的民族将是一个死气沉沉的民族，扼杀儿童的想象力就是扼杀民族的希望。

超级思维

秋 旋

一个刚退休的工会主席回到老家，在小城买了房住下来，还种了一片绿草地，想在那儿安度自己的晚年，写些回忆录。

刚开始的几个星期，一切都很好，安静的环境对老人的精神和写作很有益。但有一天，三个半大的男孩子放学后开始来到草地上踢足球，玩得不亦乐乎。

好多天过去了，他们根本就是热情不减。老人受不了这些噪声，于是出去跟孩子们谈判。“你们玩得真开心，”他说，“我很喜欢看你们踢足球玩，如果你们每天来玩，我给你们三人每天每人 1 块钱。”

三个孩子都很高兴，更加起劲地表演着他们的足下功夫。过了三天，老人忧愁地说：“通货膨胀使我的收入减少了一半，从明天起，我只能给你们 5 毛钱。”

孩子们很不开心，但还是答应了这个条件。每天下午放学后，继续去进行表演。一个星期后，老人愁眉苦脸地对他们说：“最近没有收到养老金汇款，对不起，每天只能给 2 毛了。”“2 毛钱？”一个男孩子脸色发青，“我们才不会为了区区 2 毛钱浪费宝贵时间为你表演呢，不干了。”

从此以后老人过上了安静的日子。

心灵寄语

工资福利是刚性的，只可涨不可跌，加上孩子的逆反心理，老人巧妙地达到了自己的目的。如果换成好言相劝，天性好玩的男孩子未必肯买账；若再改作直言相斥，那更会闹出矛盾与不快来。由此我们得知：若欲改变他人的行为，最好是在深层次上改变他人的观念与趣味。

两个解梦家

诗　槐

皇帝梦见自己所有的牙齿都掉了，醒来后，他吓出了一身冷汗，觉得很奇怪。他立刻召来一个解梦家，问他这个梦是不是暗含着什么意义或者预示着将来。

“唉，陛下，很不幸地告诉你。”解梦家说道，“每一个掉落的牙齿，都代表着您的一个亲人的死亡！”

“什么？你这胡说八道的家伙。”皇帝愤怒地对着他大喊，“你竟敢对我说这种不吉利的话，给我滚出去！”他下令道，“来人啊！打这个家伙五十大板。”

不久，另一个解梦家被传召来了，他细心地听完皇帝讲述的梦境，他的脸上露出一抹微笑，说道：“陛下，我很荣幸能为您解梦，您真是洪福齐天！您将活得比所有的亲人都要长久！”

皇帝听后，立即眉开眼笑，他说：“你的解梦之术实在高明啊！”然后，又安排侍从盛情款待他，临走时还赏赐给他50个金币。

在一旁的侍从私下问这位解梦者：“就我听来，你的解释和第一个解梦人不都是同一个意思吗？恕我直言，我并不觉得你的解梦之术有什么高明之处！”

那聪明的解梦家狡黠地答道：“你说得不错，不是我的解梦术高明，而是我说话比别人稍稍高明了一些。话有很多种说法，问题就在于你如何去说！”然后，他高高兴兴捧着金币回去了。

同样的意思，只是换一种方式用不同的语言表达出来，所得到的待遇竟然是如此不同，可见说话艺术的重要性。话有三说，巧说为妙，如何巧妙地准确表达真实的、真正的意思，而又不违己心，不得罪对方，这需要一颗慧心去慢慢体会。

心灵寄语

说话的艺术，在于角度的把握。只有巧妙地从恰当的角度与人交流，才能既表达自己的观点，又能使人心悦诚服。

说话的艺术

千　萍

有个人为了庆祝自己的40岁生日，特别邀请了四个朋友，在家中吃饭庆祝。

三个人准时到达了，只剩一人，不知何故，迟迟没有来。

主人有些着急，不禁脱口而出："急死人啦！该来的怎么还没来呢？"

其中有一个人听了之后很不高兴，对主人说："你说该来的还没来，意思就是我们是不该来的，那我告辞了，再见！"说完，就气冲冲地走了。

一人没来，另一人又气走了，主人急得又冒出一句："真是的，不该走的却走了！"

剩下的两人，其中有一个生气地说："照你这么讲，该走的是我们啦！好，我走。"说完，掉头就走了。

又把一个人气走了。主人急得如热锅上的蚂蚁，不知所措。

最后，剩下的这一个朋友同主人交情较深，就劝主人说："朋友都被你气走了，你说话应该留意一下。"

主人很无奈地说："他们全都误会了，我根本不是说他们。"

最后这位朋友听了，再也按捺不住，脸色大变道："什么！你不是说他们，那就是说我啦！莫名其妙，有什么了不起。”

说完，自己铁青着脸走了。

字词有本义和引申义，内涵和外延等多种意义，句子也有表面的和内在的等多个意思。不注意这些，便有可能给自己造成各种不便或麻烦。因此，我们在说话时切不可不假思考，信口胡说，只看字面上的意思，而忽略了它的真正含义。

心灵寄语

说话是一门艺术，不同词汇组合，不同的语气，会收到不同的效果。人际交往中，切莫不假思索，信口开河。

向谁行礼

雨　蝶

有一个庄园主，是个大恶霸，他定了一条规矩：穷人遇到他，都要低头行礼。谁触犯这条规矩，谁就得倒霉。

这一天，匈牙利著名诗人裴多菲经过庄园，正好在路上碰到了这个庄园主。

“穷小子！你为什么不向我行礼？”庄园主气势汹汹地问。

“我不认识你，为什么要向你行礼？”

“我是这里最有钱的人。有钱就有势！穷光蛋，你要不低头，我就抽你！”

裴多菲依然昂着头。

围观的行人越来越多，庄园主怕下不来台，他的眼珠一转，低声对裴多菲说：“这样吧，我把袋里的100块钱分给你一半，你可一定要向我行礼！”

裴多菲不慌不忙地将50块钱装进衣袋，对庄园主说：“现在你有50块钱，我也有50块钱，我凭什么非要向你行礼不可呢？”

围观的人大笑起来，庄园主又羞又怒，无可奈何，气急败坏地拿出剩下的50块钱说：“好吧，穷小子，这50块钱也统统给你，只要你向我低头！”

裴多菲手里拿着100块钱，一边分给大家一边对庄园主说：“现在，我们大家都有了钱，而你却一个子儿也没有。用你的话说，有钱就有势，你得向我们大家行礼呀！”

心灵寄语

要善于将不利之势逐渐转化为有利之势，当然这种势能转化对比也只是相对而言，只要你说得有逻辑，能够自圆其说就行。当然，若是对自己有利的话，还可以是顺着对方的逻辑，以子之矛，攻子之盾。

眼睛和心灵之间

晓　雪

一位外商欲在某市投巨资合营办厂，该市领导极为重视，热情接待。经过观察，外商对各方面均感满意。中外双方便进入实质性的谈判。这天，具体细节都基本协定，只剩下一点儿收尾工作便可以在协议书上签字，适逢中午，外商兴致很高，提议共进午餐。

在驱车前往饭店的路上，外商由谈笑风生变得满脸严肃。中方代表一头雾水，不知何故。

在饭店，外商道出了原因："对不起，各位，我决定放弃在贵市的投资。刚才在来饭店的路上，各位应该都注意到街道两旁的路灯都亮着。在这条繁华的街道，一个上午走过的人不止千万，只要有一个人打个电话给有关部门，路灯就不会亮一个上午了。很简单的一件事却没有人去做。"外商的话属实，而且掷地有声："对于连自己的城市都缺少责任心的市民，我不敢想象在我的工厂里会负责。"

所有的欢迎仪式都热情周到，令人满意，只有那白日下的路灯亮着，照出了这座城市的心灵。许多事情与我们擦肩而过，而成功与失败，多在于我们的眼睛与心灵之间是否点亮了一盏明灯。

心灵寄语

细节决定一切。生活里，因为忽视、不经意，乃至不屑使一些细微、琐碎的事物与我们擦肩而过。很多时候，机会与成功就在眼睛和心灵之间。

用上所有的力量

忆 莲

星期六上午，一个小男孩儿在专门供他玩耍的沙箱屋里玩耍。沙箱屋里有他的一些玩具：小汽车、敞篷货车、塑料小桶和一把亮闪闪的塑料铲子。在松软的沙堆上修筑公路和隧道时，他在沙箱的中部发现一块岩石。

小家伙开始挖掘岩石周围的沙子，企图把它从泥沙中弄出去。他是个很小的小男孩儿，而岩石却相当巨大。手脚并用，似乎没有费太大的力气，岩石便被他连推带滚地弄到了沙箱屋的边缘。不过，这时他才发现，他无法把岩石向上滚动、翻过沙箱屋的边墙。

小男孩儿下定决心，手推、肩扛、左摇右晃，一次又一次地向岩石发起冲击，可是每当他刚刚觉得取得了一些进展的时候，岩石便滑脱了，重新掉进沙箱屋。

最后，他伤心地哭了起来。这整个过程，男孩儿的父亲从起居室的窗户里看得一清二楚。当泪珠滚过孩子的脸庞时，父亲来到了他的跟前。

父亲的话温和而坚定：“儿子，你为什么不用上所有的力量呢？”

垂头丧气的小男孩儿抽泣道：“但是我已经用尽了全力了，爸爸，我已经尽力了！我用尽了我所有的力量！”

“不对，儿子，”父亲亲切地纠正道，“你并没有用尽你所有力量。你没有请求我的帮助。”父亲弯下腰，抱起岩石，将岩石搬出了沙箱屋。

心灵寄语

一个人的时间、精力是有限的，他的才能也是有限的，没有一个人能够独自完成他一生应当完成的所有事情。一个人解决不了的麻烦问题，借助他人之手，当然包括亲人和朋友，问题或许就会变得容易解决得多。记住，人是群居动物，你所交往的人们，包括你的亲人和朋友，他们都是你潜在的资源和能量。

细微之处见精神

雁　丹

许多成功人士极其注重小事和琐事，并且特别愿意在细节上下功夫。在约翰·肯尼迪总统眼里，似乎任何细枝末节都有特别重要的意义。在其就职典礼的检阅仪式中，肯尼迪注意到海岸警卫队士官生中没有一个黑人，便当场派人进行调查；他在就任总统后的第一个春天，发现白宫的草坪上长出了蟋蟀草，便亲自告诉园丁把它除掉；他发现美国陆军特种部队取消了绿色贝雷帽，便下达命令予以恢复；尤其使人感到意外的是，肯尼迪在就任总统后不久举行的一次记者招待会上，竟然胸有成竹地回答了关于美国从古巴进口1200万美元糖的问题，而这件事只是在此前有关部门一份报告的末尾部分才第一次提到过。

身为总统，肯尼迪巨细都抓的风格，非但没有被美国人指责，反倒更加丰满了自己的形象。

同肯尼迪相比，美国的许多位总统似乎都不逊色。其中，富兰克林·罗斯福总统是凭借惊人的记忆力来记住诸多细枝末节的。第二次世界大战中，有一条船在苏格兰附近突然沉没，沉没的原因是鱼雷袭击还是触礁，一直没有结论。罗斯福则认为触礁的可能性更大，为了支持这种立论，他滔滔不绝地背诵出当地海岸涨潮的具体高度以及礁石在水下的确切深度和位置。这一手令许多人暗中折服。罗斯福更拿手的绝活儿，是进行这样一种表演：他叫客人在一张只有符号标志而没有说明文字的美国地图上随意画一条线，他都能够按顺序说出这条线上有哪几个县。

林顿·约翰逊总统也曾在细枝末节上做过出色的表演。有一次，约翰逊刚刚在国会参议两院联席会上致完辞，一位参议员便跑上去向他表示祝贺。约翰逊说："对，大家鼓了80次掌。"这位参议员立刻跑去核对会议记录，竟然查实总统丝毫没有说错。显然，约翰逊在讲演的同时，必定在仔细数着会场上鼓掌的次数。

关注细枝末节的现象，为什么偏偏屡次在总统身上发生？这其中显然同总统对自身形象的精雕细琢有关：总统连全国每个县的县名和地理位置、不为人知的建议乃至白宫草坪上的蟋蟀草都注意到了，还会有什么东西落在总统的视野之外呢？

心灵寄语

见人之所不见，才能为人之所不能为，关注细节对一个人的发展是非常必要的。细微之处见精神！

真理常常就在你的身边

采　青

有一句著名的格言："真理诞生于100个问号之后。"这句格言本身，就是一条真理。在科学史上，有很多事例证明了这句格言。它说明科学并不神秘，只要你见微知著，那么，当你解答了100个问号之后，必能发现真理。

就拿洗澡来说，可谓一件非常普通的事情。洗完澡，把浴缸的塞子一拔，水哗哗地流走，谁也不会去注意它。然而，美国麻省理工学院机械工程系的系主任谢皮罗教授，却敏锐地注意到：每次放洗澡水时，水的旋涡总是向左旋的，也就是逆时针的！

谢皮罗紧紧抓住这个问题不放。他设计了一个碟形容器，里面灌满水，每当拔掉碟底的塞子，碟里的水也总是形成逆时针旋转的旋涡。这证明放洗澡水时旋涡朝左，并非偶然，而是一种有规律的现象。

1962年，谢皮罗发表论文，认为这旋涡与地球自转有关。如果地球停止自转的话，拔掉澡盆的塞子，水不会产生旋涡。由于地球是自西向东不停地旋转，而美国又处于北半球，所以洗澡水总是朝逆时针方向旋转。

谢皮罗由此推导出，北半球的台风，同样是朝逆时针方向旋转的，其道理与洗澡水的旋涡是一样的。他断言，如果在南半球，则恰好相反，洗澡水将按顺时针形成旋涡；在赤道，则不会形成旋涡。

谢皮罗的论文发表之后，引起各国科学家的莫大兴趣，纷纷在各地进行实验，结果证明谢皮罗的论断完全正确。

多年前，一位名叫密卡尔逊的生物学家，调查蚯蚓在地球上的分布情况，发现美国东海岸有一种蚯蚓，欧洲西海岸同纬度地区也有这种蚯蚓，但在美国西海岸却没有这种蚯蚓，他无法回答，这究竟是为什么？

密卡尔逊提出的这个问题，引起了德国地质学家魏格纳的注意。当时，魏格纳正在研究大陆和海洋的起源问题。他认为，那小小的蚯蚓，活动能量很有限，无法横跨大洋，它的这种分布情况揭示了这样一个秘密：欧洲大陆与美洲大陆本来是连在一起的，后来才裂开分为两个洲。他把蚯蚓的地理分布作为例证之一，写进了他的名著《大陆和海洋的起源》一书。

魏格纳从蚯蚓的分布，推论地球上大陆和海洋的形成，也正说明他的成功在于从问号中寻求真理。

心灵寄语

人们都很尊敬发现真理的人。其实，真理常常就在你的身边，看你有没有一双敏锐的眼睛，有没有一个善于思索的头脑，有没有敢于坚持真理的勇气。

你从母亲那儿继承了什么

向　晴

2003年的母亲节，华盛顿大学的校园网上，贴出这么一张问卷——你从母亲那儿继承了什么？

为了吸引人们回答它，他们在打开问卷的地方做了一幅小小的动画：一位老太太注视着一只金鱼缸，缸中一只大白鲨正在鱼群中游动，你一点击，它就吃掉一条小金鱼，并传出一句话："任何会动的东西，都是我的猎物。"

起初，大家认为这幅动画是随便设计的，点击后才知道，注视鱼缸的老太太是华盛顿大学的董事长——比尔·盖茨的母亲玛丽·盖茨，大白鲨的那句话是他儿子的名言。那句话在2001年对微软公司的反垄断诉讼中，曾被联邦法院反复引用。

他们之所以用这幅动画作引子，据说是为了纪念他们的董事长，因为前不久她去世了，同时也给网站访问者一个暗示："只要你回答这个问题，我们就告诉你，比尔·盖茨是怎样回答的。"

众所周知，盖茨是连续多年的世界首富。他大学没毕业就去创业了，在短短20年的时间里，聚集了巨额私人财富。这样一位旷世奇才，他从母亲那儿继承了什么？或者说，他母亲给了他什么？对这样的问题，谁不感兴趣呢？

马克打开问卷，发现访问者果然很多。在他点击它的时候，已有79833位网友点击，并回答了他们的问题。

为了知道比尔·盖茨的母亲给儿子留下的秘籍，马克按要求填上了来自于自己母亲的品性——赏识。点击“发送”之后，眼睛还没来得及眨一下，就弹出一句话，说：“OK！你和比尔·盖茨一样从母亲那儿继承了同样的东西。”

正当马克以为上当受骗的时候，一个画面出现在屏幕上。它是一张实物问候卡影印件，是比尔·盖茨在1975年母亲节时，寄给他妈妈的，这一年，他在哈佛大学读二年级。比尔·盖茨在卡上用斜体英文写着这么一段话：“我爱您！妈妈，您从来不说我比别人差；您总是在我干的事情中，不断寻找值得赞许的地方；我怀念和您在一起的所有时光。”

原来，这位独步天下的天才富翁，从他母亲那儿得到了一份被许多母亲忽视了的东西：赏识。

马克·吐温说：“只凭一句赞美的话，我就可以充实地活上两个月。”既然如此，我们为什么不慷慨地去赏识和赞美别人呢？

心灵寄语

善于发现身边事物的美好，可以美化我们的心灵。用心去挖掘别人的长处，既能增长他人的自信与热情，又能美化自己的心灵，何乐而不为呢。

多说话并不表明你有才智

慕 菡

古希腊最早的哲人泰勒斯就说过："多说话并不表明有才智。"人有两只耳朵，只有一张嘴，一位古罗马哲人从中揣摩出了造物主的意图：让我们多听少说。孔子主张"君子欲讷于言而敏于行"，这是众所周知的了。明朝的李笠翁也认为：智者拙于言谈，善谈者罕是智者。当然，沉默寡言未必是智慧的征兆，世上有的是故作深沉者或天性木讷者。但是，我确信其反命题是成立的：夸夸其谈者必无智慧。

曾经读到一则幽默笑话，大意是某人参加会议，一言不发，事后，一位心灵寄语家对他说："如果你蠢，你做得很聪明；如果你聪明，你做得很蠢。"当时觉得这话说得很机智，意思也是明白的：蠢人因沉默而未暴露其蠢，所以聪明；聪明人因沉默而未表现其聪明，所以蠢。仔细琢磨，发现不然。聪明人必须表现自己的聪明吗？聪明人非说话不可吗？聪明人一定有话可说吗？再也没有比听聪明人在无话可说时偏要连篇累牍地说聪明的废话更让人厌烦的了，此时他不但做得很蠢，而且他本人也成了天下最蠢的一个家伙。

公平地说，那种仅仅出于表现欲而夸夸其谈的人，毕竟还不失为天真。今日之聪明人已经不满足于这无利可图的虚荣，他们要大张旗鼓地推销自己，力求卖个好价钱。于是，我们接连看到，靠着传播媒介的起哄，平庸诗人发出摘冠诺贝尔的豪言，俗不可耐的小说跃居畅销书目的榜首，尚未开拍的电视剧先声夺人，闹得天下沸沸扬扬。在这一片叫卖声中，常常使人想起甘地的话："沉默是信奉真理的人的精神训练之一。"吉辛则说过："人世愈来愈吵闹，我不愿在增长着的喧嚣中加上一份，单凭了我的沉默，我也向一切人奉献了一种好处。"这两位圣者都是羞于言谈的人，看来绝非偶然。当然，沉默者未免寂寞，可那又有什么？说到底，一切伟大的诞生都是在沉默中孕育的。广告造就不了文豪。

种种热闹一时的吹嘘和喝彩，终是虚声浮名。在万象喧嚣的背后，在一切语言消失之处，隐藏着世界的秘密。世界无边无际，有声的世界只是其中很小一部分。只听见语言不会倾听沉默的人，是被声音堵住了耳朵的聋子；懂得沉默的价值的人，却有一双善于倾听沉默的耳朵，如同纪伯伦所说，他们"听见了寂静的唱诗班唱着世纪的歌，吟咏着空间的诗，解释着永恒的秘密"。一个听懂了千古历史和万有存在的沉默的话语的人，他自己一定也是更懂得怎样说话的。

心灵寄语

喧嚣和繁忙中要能闹中取静。要记住，静谧的环境中会获得心理的平衡。

一座独木桥

佚　名

有一次，很多老百姓聚集着，在一个悬崖上面，要架一座独木桥到对岸的悬崖上，只因为那两个悬崖之间是一条很深很深的、水又流得很急的河。大家运来了一条又粗又坚固的梁木。于是，他们用很粗的绳索捆住梁木的两端，拉着一端的绳索把梁木放到河沟里去，让一部分人攀着岩石爬下河沟，以便涉水过去，再爬上那边的悬崖，然后两边的人同时拉着绳索，把梁木拉上去，就可以把桥架好了。

但是，那河沟里的水实在太急了，那些涉水的人有好几个被水冲走了，有一两个就在仓促之间殉了难，其余的人都退缩了，再也不敢向前，而那梁木也快要被水冲走了。看起来，这独木桥一时是架不起来了。可是，在这些老百姓当中却有一个人，胆子和力气都比别人大，他在危急之中特别奋力，在急流中挣扎，拉住梁木，而且终于渡过河，爬上悬崖，把桥架起来了。

这样，这个人的功劳特别大。他的同伴们都很感激，把他尊崇为英雄。他们拿大坛的酒和整个儿的羊来公宴他，还叫石匠来把他的名字刻在河沟旁边的石壁上。大家做这些事情，都是实心实意的，因为他们诚心感激他、尊敬他，而且热爱他。

不料，这个人竟因此逐渐变得万分傲慢，俨然以一个酋长自居了，居然在村庄中横行霸道起来。大家最初还忍耐着。但有一天，他竟当众宣言："没有我，你们连一条独木桥都架不起来！现在，你们看，我就要把它丢进河里去，看你们怎么办！"大家还以为他在开玩笑呢，而他却真的提起桥木的一端，"嘭"的一下丢进河沟里去了。老百姓们真的不能再忍耐了，一齐跑了过去，也提起他的两脚，把他一摔，就摔进河沟里去了。老百姓当天就把他的名字也从石壁上刨掉，而且很快就重新架起了独木桥。

对人民立了功，人民自然崇敬你；但如果你就因此蔑视人民，甚至想骑在人民身上做些损害人民的事情，那么，人民是不会纵容你的。

心灵寄语

水能载舟，亦能覆舟。不要以为舟在水上就认为舟较之水高贵，别忘了舟能航行的根本是水的承载。

拔下的鸡毛

宛 彤

圣菲利普是16世纪深受爱戴的罗马牧师，富人和穷人追随着他，贵族和平民也都喜欢他，这一切都是因为他的善解人意。

有一次，一位年轻的女孩儿来到圣菲利普面前倾诉自己的苦恼。圣菲利普明白了女孩儿的缺点，其实她心地倒不坏，只是她常常说三道四，喜欢说些无聊的闲话。这些闲话传出去后就会给别人造成许多伤害。

圣菲利普说："你不应该谈论他人的缺点，我知道你也为此苦恼，现在我命令你要为此赎罪。你到市场上买一只母鸡，走出城镇后，沿路拔下鸡毛并四处散布。你要一刻不停地拔，直到拔完为止。你做完之后就回到这里告诉我。"

女孩儿觉得这是非常奇怪的赎罪方式，但为了消除自己的烦恼，她没有任何异议。她买了鸡，走出城镇，并遵照吩咐拔下鸡毛。然后她回去找圣菲利普，告诉他自己按照他说的做了一切。

圣菲利普说："你已完成了赎罪的第一部分，现在要进行第二部分。你必须回到你来的路上，捡起所有的鸡毛。"

女孩儿为难地说："这怎么可能呢？在这个时候，风已经把它们吹得到处都是了。也许我可以捡回一些，但是我不可能捡回所有的鸡毛。”

“没错，我的孩子。那些你脱口而出的愚蠢话语不也是如此吗？你不也常常从口中吐出一些愚蠢的谣言吗？然后它们不也是散落路途，口耳相传到各处吗？你有可能跟在它们后面，在你想收回的时候就收回吗？”女孩儿说：“不能，神父。”“那么，当你想说些别人的闲话时，请闭上你的嘴，不要让这些邪恶的羽毛散落路旁。”

心灵寄语

话一出口，便如散落于路途的鸡毛，随风乱飘，难以收回。说闲言之人一多，整个世界便会遍地鸡毛，无风三尺浪，风来吹满城，谣言四起，人心不定，清平与宁静将无端变得遥远。

两只老鼠

冷　薇

一只居住在图书馆里的老鼠和一只居住在粮仓里的老鼠相遇了。图书馆里的老鼠摆出一副学者的架子，傲气十足地对粮仓里的老鼠说："可怜的家伙，为了填饱肚子，你们甘愿住在干燥、憋闷的谷仓里，那里除了稻谷之外什么也没有。可想而知，只有物质满足，但缺乏精神享受的生活该有多么乏味啊！图书馆里是多么安静啊，古今中外，经史子集，我都能见到。"

"这么说，您一定是位知识渊博的学者啦。"粮仓里的老鼠虔诚地说道。

"那当然，每本书的一字一句我都要咀嚼，一页页装进肚子里。"

粮仓里的老鼠把图书馆里的老鼠带到一座粮仓里，指着墙角的一个瓶子说道："您认得字，请看看这标签上写的是'香麻油'还是'灭鼠药'？"图书馆里的老鼠根本不识字，就在它进退两难之时，有一股香油味从瓶口飘出，于是，它就凭直觉猜测断定："这就是香麻油。"

"真的？您看清楚了吗？"

"没错，不信，我先喝给你看。"为了证明自己博学，同时也是为了一饱口福，图书馆里的老鼠搬倒瓶子就喝了起来。谁知道只喝了几口，就浑身抽搐，不久，便四腿一蹬，死了。

后来，粮仓里的老鼠才知道，瓶子上写的分明是“灭鼠药”。

心灵寄语

知之为知之，不知为不知。不懂可以保持沉默，暗地学习，但切不可不懂装懂，否则轻则出尽洋相闹出笑话，重则可能引发大的祸患灾难。

生活其实并不悲惨

冷　柏

克里丝汀拥有一切。她有一个完美的家庭，住豪华公寓，从来不用为钱发愁。而且，她年轻、聪慧。

和她一起外出是一件乐事。在餐厅里，你会看到邻桌的男士频频向她注目，邻桌的女士为她而相互窃窃私语……有她的陪伴，你感觉很棒。她让你由衷地认为做男人真好。

不过，当所有闲聊终止的时候，这样一刻出现了：克里丝汀开始向你讲述她悲惨的生活——她为减肥而跳的林波舞，她为保持体形而做的努力，她的厌食症。

你简直不敢相信自己的耳朵！这位美丽的女士真实地、深切地认为自己胖而且丑，不值得任何人去爱。当然，你会对她说，她也许弄错了。事实上，这世界上的一半人为了能拥有她那样的容貌，她那样的好运气和生活，宁愿付出任何代价。“不，不！”她悲哀地挥着手说，她以前也听过类似的话。她知道这话只是出于礼貌，只是一种于事无补的慰藉。你越是试图证实她是一位幸运的女孩儿，她越是表示反对。

生活赐予我们的越多，我们就越觉得所有的一切都是理所当然。然后，我们对生活的期望值也就越高。想象一下你生而拥有一切，金钱、容貌、智慧……但一点突如其来的最微小的缺憾都将使你发狂。

而你应当知道：生活并不完美，生活从来也不必完美！只要想一想生活是多么风云变幻。许多人都听过"超人"克里斯托夫·瑞维斯的故事。他曾经又高又帅、又健壮、又有名气、又富有。可是，一次，他不慎从马上跌落下来，摔断了颈椎。从此，他不能再自由地走动了。现在，他坐在轮椅里。

不过，瑞维斯和克里丝汀有所不同：他感谢上帝让他保留了一条生命，使他可以去做一些真正有意义的事——为残疾人事业做努力。而克里丝汀则是为她腹部增加或减少了几毫米厚的脂肪或喜或悲着。

心灵寄语

生活并不完美，但是也并不悲惨，调整好自己的心态，更开心、更纵情地投入生活吧！

亡羊补牢

佚　名

从前，有个人养了一圈羊。一天早上他准备出去放羊，发现少了一只。原来羊圈破了个窟窿。夜间狼从窟窿里钻进来，把羊叼走了。

邻居劝告他说："赶快把羊圈修一修，堵上那个窟窿吧！"

他说："羊已经丢了，还修羊圈干什么呢？"便没有接受邻居的劝告。

第二天早上，他准备出去放羊，到羊圈里一看，发现又少了一只羊。原来狼又从窟窿里钻进来，把羊叼走了。

他很后悔，不该不接受邻居的劝告，就赶快堵上那个窟窿，把羊圈修补得结结实实。从此，他的羊再也没有被狼叼走的了。

心灵寄语

发现错误要及时改正。若是一直沉浸在后悔由于错误而造成的损失中而不去改正错误，那么，你会损失更多。

命 运

命运对每个人都是公平的。有些人不屈服于命运，如贝多芬所说：“扼住命运的咽喉”，自己掌握了自己的命运；有些人为命运所左右，甘心做起了命运的奴隶。所以，相同的遭遇，才会有了不同的命运。

锁匠的徒弟

凝　丝

老锁匠一生修锁无数，技艺高超，收费合理，深受人们敬重。更主要的是老锁匠为人正直，每修一把锁他都告诉别人他的姓名和地址，说："如果你家发生了盗窃，只要是用钥匙打开的家门，你就来找我！"

老锁匠岁数大了，为了不让他的技艺失传，人们帮他物色徒弟。最后老锁匠挑中了两个年轻人，准备将一身技艺传给他们。

一段时间以后，两个年轻人都学会了不少东西。但两个人中只有一个能得到真传，老锁匠决定对他们进行一次考试。

老锁匠准备了两个保险柜，分别放在两个房间，让两个徒弟去打开，谁花的时间短谁就是胜者。结果大徒弟只用了不到十分钟就打开了保险柜，而二徒弟却用了半个小时，众人都以为大徒弟必胜无疑。老锁匠问大徒弟："保险柜里有什么？"大徒弟眼中放出了光亮："师傅，里面有很多钱，全是百元大钞。"问二徒弟同样的问题，二徒弟支吾了半天说："师傅，我没看见里面有什么，您只让我打开锁，我就打开了锁。"

老锁匠十分高兴，郑重宣布二徒弟为他的正式接班人。大徒弟不服，众人不解，老锁匠微微一笑说：“不管干什么行业都要讲一个‘信’字，尤其是我们这一行，要有更高的职业道德。我收徒弟是要把他培养成一个高超的锁匠，他必须做到心中只有锁而无其他，对钱财视而不见。否则，心有私念，稍有贪心，登门入室或打开保险柜取钱易如反掌，最终只能害人害己。我们修锁的人，每个人心上都要有一把不能打开的锁。”

心灵寄语

诚信是一个人的立足之本，尤其是他所投身的行业对诚信有着较高的需求时，就更是如此。一个锁匠要不是对诚信有着苛刻的要求，那么凭借他的专业技能，就有可能搞得一方混乱不堪，到头来，不但害人不浅，自己也将无路可退。

乌龟与狼

碧 巧

有一天，狮王突然生病了，动物们知道后都纷纷赶来探望。

狼是马屁大王，它想，现在机会来了，于是第一个赶到狮王的洞里，并带来它刚从农夫那里抓来的一只肥胖的母鸡，作为孝敬狮王的礼物。

狮王很高兴，对随后赶到的动物们说道："狼是我朝的第一大忠臣，它对我的孝心、忠心，你们都有目共睹，今后，你们都要向它学习。"

"是，尊敬的大王。"众动物们虽然对狼不满，但慑于狮王的威风，都不敢对狼如何。

"尊敬的狮王，乌龟早就对你有二心，你看，到现在它还没来看你呢！"狼开始搬弄是非，但这句话被刚刚赶到的乌龟听到了，狮子立即对乌龟怒吼起来。

"尊敬的大王，我之所以来迟了，是因为我听到你生病的消息后，便急着四处寻医问药，想找到一个良方为你治病。"乌龟为自己辩解道。

"这么说来你倒是对我最忠心的人，快把良方献出来。"狮子转怒为喜。

"大王，这是我从人类那里得来的一个秘方，告诉我的人据说还是华佗的后代呢。"乌龟说。

“快，快献出来。”狮王乐得手舞足蹈。

“秘方里说要治好大王的病，就必须剥下一匹狼的皮，趁皮还热乎乎的时候，包住你的身体，大王的病立刻就会好起来。”

狼立刻被捉住，被活剥了皮。

心灵寄语

心怀恶念，常常给别人下圈套的人，总有一天，会落入别人报复的圈套之中，正所谓害人终害己。

本分的樵夫

雪　翠

有一天，一个樵夫去打柴时不小心把他的斧头掉进河里了。

樵夫哭了。这时上帝出现了，问道："你为什么哭？"

樵夫告诉上帝，他的斧头掉进河里了。上帝潜入水中捞出了一把金斧头。"这是你的斧头吗？"上帝问。樵夫答："不是。"

上帝再次下水捞出了一把银斧头。"这是你的斧头吗？"樵夫回答："不是。"

上帝又下水捞出了一把铁斧头。"这是你的斧头吗？"上帝问。樵夫回答："是。"

上帝对樵夫的诚实非常满意，就把三把斧头送给了他。樵夫欢天喜地地回家了。

又有一天，樵夫和他的妻子在河边走，结果他的妻子掉入了河中。樵夫再次痛哭，上帝又出现了："你为什么哭？"

"我的妻子落水了。"

上帝便潜入水中，捞出一位闭月羞花的美女。

“这是你的妻子吗？”上帝问。

“是的。”他答。

上帝勃然大怒：“你这个骗子！我要诅咒你……”上帝斥责道。樵夫连忙说：“原谅我！我的主。你误会了，如果我对这位闭月羞花的美女说‘不’，你就会再捞出一位沉鱼落雁的美女。如果我再说‘不’，你最后才会捞出我的妻子，然后我再说‘是’。这样一来，你就会把她们三个都送给我，我负担不起啊。”

心灵寄语

如果说善意的谎言还可以谅解，那么农夫这一次为了生存的谎言却是生存的真实，真实得连自己的妻子的性命也顾不上了，着实让人深感悲悯。美人是需要用钱来养活的，农夫和一个再普通不过的妻子尚且生存不易，何况再加上两个大美人，那样一来，就算农夫把他的一把老骨头搭进去，怕也是无济于事。

不要轻易同情别人

雅 枫

两岁多的儿子在玩球时，突然脚下一个踉跄，他摔倒了。妻子走上前去一边扶他一边说："乖乖，不哭。"儿子反而更加大哭起来。我对妻子使了一个眼色示意她离开，然后我站在几步远的地方望着摔倒的儿子说："坚强一点儿，爬起来。"果然，他自己真的慢慢爬起来了，而且不再哭。

同情的话，可以表现你的关怀；但激励的话，则更会引导人走向自强，而不再顾影自怜。

我的邻居小保罗，因为机器事故失去了一只手，许多亲朋好友都来安慰他，并报以同情的泪水；我去了之后，带着微笑，并给他讲了许多笑话。我临走的时候，保罗笑着说："谢谢你，其实我需要的不是眼泪，这一点，你很懂的。"于是，我又看到了病房里保罗的脸上洒满了阳光，此时他的悲伤和惆怅已经无影无踪了。

不要轻易同情别人，并不意味着我们的冷酷无情，而是要求我们以更博大的胸怀、更赤诚的善良去面对万物众生。在生活中，无论我们是为了受伤者而垂泪；还是为了胜利者而欢欣鼓舞，这一切都应该是从尊重彼此开始的。

因为只有正视了现实，才会激发一个人潜在的精神意志，才会让弱者在黑暗中看到希望，更加让他们知道，只有坚强起来才是摆脱困境和命运的唯一途径。每个人都应该从他人的痛处看到自己的痛处；从他人的优势看到自己的优势。即使我们面前是一棵柔弱的小草，我们也无须为之同情，因为我们生存的理由，并不会比一棵草存在的理由更为尊贵和优越。

心灵寄语

一个真实的情况是，同情会遭到多数残疾人士的反感。人们总是喜欢同情弱者，但是否有人认真想过，自己就是强者吗？

孪生兄弟

沛　南

生和死是一对孪生兄弟。死对他的哥哥眷恋不舍，生走到哪里，他就跟到哪里。可是，生却讨厌他的这个弟弟。尤其使他扫兴的是，往往在他举杯畅饮的时候，死突然出现了，把他满斟的酒杯碰落在地，摔得粉碎。

“你这个冤家，当初母亲既然生我，又何必生你；既然生你，又何必生我！！”生绝望地喊道。

“好哥哥，别这么说。没有我，你岂不寂寞？”死心平气和地说。

“永远不！”

“可是你想想，如果没有我和你竞争，你的享乐有何滋味？如果没有我跟你同台演出，你的戏剧岂能精彩？如果没有我给你灵感，你心中怎会涌出美的诗歌，眼前怎会展现美的图画？”

“我宁可寂寞，也不愿见到你！”

“好哥哥，这可办不到。母亲怕你寂寞，才让我陪伴你。我这个孝子怎能不从母命？”

于是生来到大自然母亲面前，请求她把可恶的弟弟带走，别让他再纠缠自己。然而，大自然是一位大智大慧的母亲，绝不迁就儿子的任性。生只好服从母亲的安排，但并不能领会母亲如此安排的好意，所以对死始终怀着一种无可奈何的怨恨心情。

心灵寄语

生生死死，争斗不已，又无时不相依相伴，如影随形。没有生，当不会死；然而没有死，又何能有生？没有死的冷漠，又哪有生的热情？没有死的决绝，又哪有生的依恋？没有死的黑暗，又如何见生的辉煌？

学无止境

语 梅

这是美国东部一所规模很大的大学毕业考试的最后一天。在一座教学楼前的阶梯上，有一群机械系大四的学生挤在一起，正在讨论几分钟后就要开始的考试。他们的脸上显出很有信心的表情，这是最后一场考试，接着就是毕业典礼和找工作了。

有几个人说他们已经找到工作了。其他的则在讨论他们想得到的工作，怀着对四年大学教育的肯定，他们觉得心理上早有准备，能征服外面的世界。

即将进行的考试他们知道只是轻松的事情。教授说他们可带需要的教科书、参考书和笔记，只要求考试时他们不能彼此交头接耳。

他们喜气洋洋地鱼贯走进教室。教授刚把考试卷发下去，学生都眉开眼笑，因为学生们注意到只有五道论述题。

3个小时过去了，教授开始收集考卷。学生们似乎不再有信心，他们脸上有着忧虑的表情。没有一个人说话，教授手里拿着考卷，面对着全班同学。教授端详着面前学生们担忧的脸，问道：“有几个人把五道问题全答完了？”

没有人举手。

“有几个答完了四道？”

仍旧没有人举手。

“三道？两道？”

学生们在座位上不安起来。

“那么一道呢？一定有人做完了一道吧？”

全班学生仍然保持沉默。

教授放下手中的考卷说：“这正是我预期的。我只是要加深你们的印象，即使你们已完成四年工程教育，但仍旧有许多有关工程的问题你们不知道。这些你们不能回答的问题，在日常操作中是非常普遍的。”

于是教授带着微笑说下去：“这个科目你们都会及格，但要记住，虽然你们是大学毕业生，但你们的学习才刚刚开始。”

心灵寄语

授人以鱼不如授之以渔。学多少现成的知识也不如培养出自我学习的能力与方法。活到老，学到老，这样才能不随着时间的流逝、时代的变迁而变得衰老、迂腐、守旧。

重要的是自己强大起来

秋 旋

一位搏击高手参加锦标赛，自以为稳操胜券，一定可以夺得冠军。但出人意料的是，在最后的决赛中，他遇到了一个实力相当的对手，双方竭尽全力出招攻击。当对打到了中途，搏击高手意识到，自己竟然找不到对方招式中的破绽，而对方的攻击却往往能够突破自己防守中的漏洞。

比赛的结果可想而知，搏击高手惨败在对方手下，也失去了冠军的奖杯。

他愤愤不平地找到自己的师傅，一招一式地将对方和他的搏击过程再次演练给师傅看，并请求师傅帮他找出对方招式中的破绽。他决心根据这些破绽，苦练出足以攻克对方的新招，在下次比赛时，打倒对方，夺回冠军的奖杯。

师傅笑而不语，在地上画了一条线，要他在不能擦掉这条线的情况下，设法让这条线变短。

搏击高手百思不得其解，怎么会有像师傅所说的办法，能使地上的线变短呢？最后，他无可奈何地放弃了思考，向师傅请教。

师傅在原先那道线的旁边又画了一道更长的线。两者相比较，原先的那道线，看来变得短了许多。

师傅开口道：“夺得冠军的关键，不仅仅在于如何攻击对方的弱点，正如地上的长短线一样，只有你自己变得更强，对方就如原先的那条线一样，也就在相比之下变得较短了。如何使自己更强，才是你需要苦练的根本。”

心灵寄语

要跨越、征服通往成功之路上的坎坷与障碍，通常有这样两条路：一条路是侧重攻击对手的薄弱环节，找出对方的破绽，给予致命的一击；而另一条路是全面增强自身实力，更注重在人格上、知识上、智慧上、实力上使自己加倍地成长，变得更加成熟，变得更加强大，使许多问题不攻自破，迎刃而解。

分苹果的故事

诗　槐

一个人一生中最早受到的教育来自家庭，来自母亲对孩子的早期教育。美国一位著名的心理学家为了研究母亲对人一生的影响，在全美选出50位成功人士，他们都在各自的行业中获得了卓越的成就，同时又选出50位有犯罪记录的人，分别给他们去信，请他们谈谈母亲对他们的影响。有两封回信给他印象最深。一封来自白宫一位著名人士，一封来自监狱一位服刑的犯人。他们谈的都是一件事：小时候母亲给他们分苹果。

那位来自监狱的犯人在信中这样写道：小时候，有一天妈妈拿来几个苹果，红红绿绿，大小各不同。我一眼就看中一个又红又大的苹果，十分喜欢，非常想要。这时，妈妈把苹果放在桌上，问我和弟弟：你们想要哪个？我刚想说要最大最红的一个，这时弟弟抢先说出我想说的话。妈妈听了，瞪了他一眼，责备他说：好孩子要学会把好东西让给别人，不能总想着自己。

于是，我灵机一动，改口说："妈妈，我想要那个最小的，最大的留给弟弟吧。"

妈妈听了，非常高兴，在我的脸上亲了一下，并把那个又红又大的苹果奖励给我。我得到了我想要的东西，从此，我学会了说谎。以后，我又学会了打架、偷、抢，为了得到想要得到的东西，我不择手段。直到现在，我被送进监狱。

那位白宫著名人士是这样写的：小时候，有一天妈妈拿来几个苹果，红红绿绿，大小各不同。我和弟弟们都争着要大的，妈妈把那个最大最红的苹果举在手中，对我们说："这个苹果最大最红最好吃，谁都想要得到它。很好，现在，让我们来做个比赛，我把门前的草坪分成三块，你们三人一人一块，负责修剪好，谁干得最快最好，谁就有权得到大苹果！"

我们三人比赛除草，结果，我赢得了那个最大的苹果。

我非常感谢母亲，她让我明白一个最简单也最重要的道理：我想得到最好的，就必须努力争第一。她一直都是这样教育我们，同时自己也是这样做的。在我们家里，你想要什么好东西都要通过比赛来赢得，这很公平，你想要什么、想要多少，就必须为此付出努力和代价！

心灵寄语

推动摇篮的手，就是推动世界的手。母亲是孩子的第一任教师，你可以教他说第一句谎言，也可以教他做一个诚实的、永远努力争第一的人。

米纳里是怎样做了谋士的

诗　槐

有一次，米纳里向一个牧主借了100只肥绵羊，把它们赶到国王苏丹·瑟尤的首都，赶到市场上。

人们围住了肥羊，纷纷打听羊价。

米纳里回答大家说：

“我可以赊给每个顾客一只羊，等你们的国王死了以后，我才收钱。”

人们听说可以欠账买羊，顿时把羊买光了。

市场管理人来到王宫里，对苏丹·瑟尤说：

“陛下，今天有人赶了一群羊来到市场上，他把羊赊给人，并且声明，等你死了以后，他才收钱。”

苏丹·瑟尤命令立刻把这个商人带来。米纳里被带进了王宫，国王问他说：

“坏商人，你为什么欠账卖羊，直到我死了才收钱？现在你就要祷告上帝，愿我快点儿死啦！我对你做过什么坏事吗？”

米纳里回答他说：

“陛下，你听到的话很对。我是卖了100只羊，等你死了才收钱。但是，如果我一个人恳求上帝，愿你早死的话，那么100个买了羊的人，他们会恳求上帝，保佑你活得更长些。现在你自己去决定吧，上帝会考虑谁的请求呢！一个人的？还是100个人的呢？”

苏丹·瑟尤很满意米纳里的回答，当时就任命米纳里做他的谋士。

大智还大勇的人，善于借他人力量，为自己制造声势，创造成功的机会。米纳里可谓空手套白狼，他一借牧主的100只肥绵羊，二借国王脚下的宝地，三借100市民的心愿，四借奇人奇事的轰动效果（如今的广告宣传），终于为自己制造了国王亲自召见的机会，从一个两手空空、默默无闻的草民一下子做上了国王的谋士。

心灵寄语

正所谓谋事在人，成事在天也在人。善于假于外物的力量的人，才是真正的智者。

命 运

雨 蝶

一天，威尔逊先生在大街上碰到一个乞讨的盲人，很可怜他，就给了他一张大钞。正准备走，盲人拉住他，说：“您不知道，我并不是一生下来就瞎的。都是23年前希尔顿的那次事故！”威尔逊先生一惊，问道：“你是在那次化工厂爆炸中失明的吗？”

盲人激动地说：“是啊！当时，逃命的人群都挤在一起。我好不容易冲到门口。可是一个大个子在我的身后大喊：‘让我先出去！我还年轻，我不想死！’他把我推倒了，踩着我的身体跑了出去，我失去了知觉……等我醒来，就成了瞎子。”威尔逊先生冷冷地说：“事实恐怕不是这样吧？你说反了。”盲人猛地一惊。威尔逊先生一字一顿地说：“我当时也在希尔顿化工厂当工人，是你从我身上踏过去的。你说的那句话，我永远也忘不了！”

盲人突然抓住威尔逊先生，爆发出一阵大笑：“这就是命运啊！不公平的命运！你在里面，却出人头地了；我跑了出去，却成了瞎子。”威尔逊先生用力推开盲人的手，举起了手中精致的棕榈手杖，平静地说：“你知道吗？我也是一个瞎子。你相信命运，可是我不信。”

心灵寄语

命运对每个人都是公平的。有些人不屈服于命运，如贝多芬所说“扼住命运的咽喉”，自己掌握了自己的命运；有些人为命运所左右，甘心做起了命运的奴隶。所以，相同的遭遇，才会有了不同的命运。

难忘的一课

晓　雪

在富兰克林报社前面的书店里，一位浏览了将近一个小时的男青年，终于向店员开口问道："这本书多少钱？"

"1美元。"店员回答。

"1美元！"男青年又问，"你能不能少要点？"

"它的价格就是1美元。"

这位男青年又看了一会儿书，然后问："富兰克林先生在吗？"

"在，"店员回答，"他在印刷室忙着呢。"

"那好，我想见到他。"这个青年坚持一定要见富兰克林。

于是，富兰克林被找了出来。

这位男青年问道："富兰克林先生，这本书你能出的最低价格是多少？"

"1美元25分。"富兰克林不假思索地回答。

"1美元25分？你的店员刚才不是还说1美元吗？"

"这没错，"富兰克林说，"但是，我情愿给你1美元也不愿意离开我的工作岗位。”

这位男青年惊呆了，心想算了，结束这场由自己引起的争论吧。

他说：“好吧，你说这本书最少要多少钱吧！”

“1美元50分。”

“怎么又变成1美元50分啦？你刚才还说1美元25分呢！”

“对。”富兰克林平静地说，“我现在能出的最好价钱就是1美元50分。”

这位男青年默默地把钱放到柜台上，拿起书正要离开的时候，富兰克林叫住了他，说：“我可以给你写几个字吗？”

男青年高兴地说：“太好了！”

这位美国历史上著名的科学家，在书的扉页写下了广为流传的两句名言：“时间就是生命，时间就是金钱。”然后，签上了自己的名字。

男青年感激地说：“谢谢！这是我终身难忘的一课。”他明白，富兰克林并不是想多卖几十美分，而是告诉他，不要在细枝末节上耗费宝贵的时间。

心灵寄语

时光虽然一直向前延伸没有尽头，但个人生命的光阴却是短暂而有限的，因此也是无比的宝贵，几乎等同于生命。人的一生中应该多做一些更美好、更重要，也更有意义的事情，因此，不要在一些琐碎小事上浪费自己宝贵的时间。

最好的忠告

玛丽亚·马丁

在我大约12岁时，有个女孩子是我的对头，她总爱挑我的缺点。日久天长，她把我的缺点数了一大串，什么我是皮包骨，我不是好学生，我是捣蛋姑娘，我讲话声音太大，我自高自大。我尽量克制着自己。最后，我再也忍不住了，含着眼泪和愤怒去找爸爸。

爸爸平静地听完我的申诉后，问道："她所讲的这些是否正确？""正确？但我想知道的是怎样回击！它同正确有什么关系？""玛丽亚，难道知道自己实际上是怎样的不好吗？现在你已知道那个女孩子的意见，去把她所讲的都写出来，在正确的地方标上记号，其他的则不必理会。"

我遵照爸爸的话将那个女孩子的意见列了出来，并奇怪地发现，她所讲的有一半是正确的。有一些缺点我不能改变，例如我很瘦。但是大多数我都能改，并愿意立即改掉它们。在我的生平中，我第一次对自己有一个公正、清晰的认识。

我把单子送给爸爸，他拒绝收下。爸爸说："留给你自己吧！你现在比任何人都了解自己。当你听到意见时，不要由于生气、伤心而听不进去。正确的批评你会分辨出，它会在你的内心产生反响。"

父亲是镇子上最有学识的人。他是当地最有名望的律师、法官及校务会的会长。当然，眼下我还很难完全接受爸爸的话。“不管怎样，我认为在别人面前议论我是不对的。”我说。“玛丽亚，只有一条路可以不再被人议论，不受别人批评，那就是什么也不说，什么也不做。当然，结果便是你一事无成。你是不愿成为这种人的，对吗？”“那当然！”我承认道。从那时起，我就立下了雄心。

对于如何正确地听取意见，我还经历过一个更惨痛的教训。那次我们要参加一个高年级演出，在一个节目里，我将担任主角，多令人兴奋啊！

在演出的前几天，我的朋友们商定要到附近的湖边去野炊，那天天气阴冷，妈妈想让我待在家里，免得着凉。我为此大发脾气。在我答应不下湖游泳后，妈妈才让步。

当然，我仅遵守允诺的字眼而不是精神。当别人下水时，我也不甘落后，穿上游泳衣上了划艇。

当我最后划向岸边时，几个男同学开始摇晃我的船，我正准备靠岸，船翻了。

为了不掉进水里，我一步迈上岸，不料却踩到了一个破瓶子，碎玻璃一直扎到脚跟的骨头上。

在那场演出中，我没有上场。我住院时，我的替角的演出获得了成功。“但是我遵守了自己的允诺，并没有去游泳。”我对父亲说。“玛丽亚，妈妈讲的话，你只听了一半。她让你答应的是要避免感冒，去游泳只是它的一部分，你只听了一半道理。结果，你自己受到了惩罚。”

最后我辩解道：“我所有的朋友都认为如果我待在船里，就不会出事了。”“但是他们都错了！”爸爸停了一会儿说，“你会发现世界上有许多人，他们自认为在对你负责。不要拒绝听他们的意见，但是要吸收正确的，并去做你认为是正确的事情。”

在许多关键的时候，我都想起父亲的教导。由于一个偶然的机会，我来到好莱坞闯入电影界。在电影城我试遍了每一家制片厂。岁月流逝，两年过去了，我还没有找到工作。有一位导演讨厌总碰到我，他说：“你的鼻子太大，脖子太长，你这副模样永远不能演电影。相信我，我是内行！”我想：假设这是正确的，但我对此

无能为力。对我的脖子和鼻子我毫无办法，只好不管它们而用加倍的努力来取得成功！我所需要的正确意见，最后来自一位善良、聪慧，名叫杰罗姆·克思的人，他对我说："你必须学会用你自己的方法去唱。"

起初，我很灰心，对他的话也不大在意。事后，我又想了一遍，觉得很对。它鼓舞着我，正像父亲常对我讲的那样：假如我一旦成功，这一定是我自己，而不是别人。

几个星期以后，好莱坞夜总会宣布候补演员演出节目。同以往一样，"候补玛丽"又登台了。但这次，我不试图模仿他人，我是我自己。我不想施展魅力，只穿上一件普通的镶有黑边的白罩衫，并用我在德克萨斯学到的唱法放开喉咙歌唱。我成功了，并找到了工作。

心灵寄语

人的第一任老师是自己的父母，父母的教育对孩子的一生至关重要。可能在非常细小的一些事情上，父母的观点和教育方式会影响孩子的一生。所以，已身为父母或以后会成为父母的人们，别忘记给孩子提供良好的教育，给出一些正确的忠告会让孩子受益一生的。

为社稷忍羞

大丈夫能屈能伸，否则，小不忍则乱大谋。忍让不一定是退缩，退一步是为了前进两步。

应有的品质和高尚的品质

忆 莲

从前有一个富翁，他有三个儿子，在他年事已高的时候，富翁决定把自己的财产全部留给三个儿子中的一个。可是，到底要把财产留给哪一个儿子呢？富翁于是想出了一个办法：他要三个儿子都花一年时间去游历世界，回来之后看谁做到了最高尚的事情，谁就是财产的继承者。

一年时间很快就过去了，三个儿子陆续回到家中，富翁要三个人都讲一讲自己的经历。大儿子得意地说："我在游历世界的时候，遇到了一个陌生人，他十分信任我，把一袋金币交给我保管，可是那个人却意外去世了，我就把那袋金币原封不动地交还给了他的家人。"

二儿子自信地说："当我旅行到一个贫穷落后的村落时，看到一个可怜的小乞丐不幸掉到湖里了，我立即跳下马，从河里把他救了起来，并留给他一笔钱。"

三儿子犹豫地说："我，我没有遇到两个哥哥碰到的那种事，在我旅行的时候遇到了一个人，他很想得到我的钱袋，一路上千方百计地害我，我差点死在他手上。可是有一天我经过悬崖边，看到那个人正在悬崖边的一棵树下睡觉，当时我只要抬一抬脚就可以轻松地把他踢到悬崖下，我想了想，觉得不能这么做，正打算走，又担心他一翻身掉下悬崖，就叫醒了他，然后继续赶路了。这实在算不了什么有意义的经历。”

富翁听完三个儿子的话，点了点头说道：“诚实、见义勇为都是一个人应有的品质，称不上是高尚。有机会报仇却放弃，反而帮助自己的仇人脱离危险的宽容之心才是最高尚的。我的全部财产都是老三的了。”

心灵寄语

恩将仇报的人和事是屡见不鲜的；有机会报仇却放弃，反而帮助自己的仇人脱离危险的人和事并不多见。但只有这么宽容和豁达的人，才能达到人生的最高境界。

为社稷忍羞

雁　丹

赵简子是春秋末年晋国的六卿之一，他临终前留下遗嘱，要将二儿子赵无恤立为继承人。

有位臣僚名叫董阏于的问他："历来都以长子继位，无恤是庶出又非长子，怎可以立太子呢？"

赵简子回答说："我把自己的一群儿子都考虑过了，只有无恤为人能顾全大局，能为国家忍受羞辱。"

赵无恤继位以后，有一天，他在宫殿请晋国的另一个大贵族知伯喝酒。知伯倨傲无礼，酒席间百般侮辱赵无恤，可是赵无恤呢？他不但不发怒，而且还劝知伯"别生气，别生气"，但是知伯不知好歹，竟当着无恤家那么多下人的面打了无恤两个响亮的耳光。

左右侍臣都按捺不住怒火，要无恤把知伯杀了。无恤劝住他们，说："先君立我为太子，说过我能为社稷忍辱，我怎能因小失大而去杀人呢？"

过了10个月，知伯倚仗自己强大，向无恤勒索领地，无恤没有答应。知伯恼羞成怒，重兵将无恤围困在晋阳，又决汾水灌城，大有一口吞吃之势。但是赵无恤没有认输，也没因此就失去信心，仍然顽强御敌。

第二年，他联合晋国的韩、魏二卿，分兵出击，将知伯军队彻底击溃，形成了“三家分晋”的局势。在庆贺胜利的宴席上，赵无恤将知伯的头颅做成酒器，劳军痛饮。

唐代诗人杜牧在《题乌江亭》中为楚霸王项羽而生感慨云：“胜败兵家事不期。包羞忍耻是男儿。”男儿之所以能够包羞忍耻，是因为他气度宽广，能够审时度势，心中还有更为远大的抱负在等待着自己。若是意气用事，时机不成熟时与强敌正面交锋，胜算无几，结果可想而知，生命不保，一切都将烟消云散。

心灵寄语

大丈夫能屈能伸，否则，小不忍则乱大谋。忍让不一定是退缩，退一步是为了前进两步。

心里的锁

采　青

一代魔术大师胡汀尼有一手绝活儿，他能在极短的时间内打开无论多么复杂的锁，从未失手。他曾为自己定下一个富有挑战性的目标：要在60分钟之内，从任何锁中挣脱出来，条件是让他穿着特制的衣服进去，并且不能有人在旁边观看。

有一个英国小镇的居民，决定向伟大的胡汀尼挑战，有意给他难堪。他们特别打制了一个坚固的铁牢，配上一把看上去非常复杂的锁，请胡汀尼来看看能否从这里出去。

胡汀尼接受了这个挑战。他穿上特制的衣服，走进铁牢中，牢门“哐啷”一声关了起来，大家遵守规则转过身去不看他工作。胡汀尼从衣服中取出自己特制的工具，开始工作。

30分钟过去了，胡汀尼用耳朵紧贴着锁，专注地工作着；45分钟，一个小时过去了，胡汀尼头上开始冒汗。两个小时过去了，胡汀尼始终听不到期待中的锁簧弹开的声音。他筋疲力尽地将身体靠在门上坐下来，结果牢门却顺势而开，原来，牢门根本没有上锁，那把看似很厉害的锁只是个样子。

小镇居民成功地捉弄了这位逃生专家，门没有上锁，自然也就无法开锁，但胡汀尼心中的门却上了锁。

大师的失误在于他的得意绝技和过去的经验局限了他的目光与思维，画地为牢，钻入了“开锁”的牛角尖，因此牢门的锁没有打开，自己心头却无端上了一把锁。

心灵寄语

心灵的世界天宽地阔，切记不可自我设限。

重要的尾数

佚　名

一个年轻人到某公司应聘临时职员，工作任务是为这家公司采购物品。招聘者在一番测试后，留下了这个年轻人和另外两名优胜者。随后，公司负责人提了几个问题，每个人的回答都各具特色，公司负责人很满意，面试的最后一道是笔答题。题目为：假定公司派你到某工厂采购2000支铅笔，你需要从公司带去多少钱？几分钟后，应试者都交了答卷。

第一名应聘者的答案是120美元。公司负责人问他是怎么计算的。他说，采购2000支铅笔可能要100美元，其他杂用就算20美元吧！公司负责人未置可否。

第二名应聘者的答案是110美元。对此，他解释道：2000支铅笔需要100美元左右，另外可能需要用10美元左右。公司负责人同样没表态。

最后轮到这位年轻人。公司负责人拿起他的答卷，见上面写的是113.86美元，见到如此精确的数字，他不觉有些惊奇，立即让应聘者解释一下答案。

这位年轻人说：“铅笔每支5美分，2000支是100美元。从公司到这个工厂，乘汽车来回票价4.8美元；午餐费2美元；从工厂到汽车站为半英里，请搬运工人需要1.5美元……因此，总费用为113.86美元。”

公司负责人听完，欣慰地笑了。这名年轻人自然被录用了，这名年轻人就是后来大名鼎鼎的卡耐基。

心灵寄语

在工作中的任何事情上，我们都应该以认真、严谨、一丝不苟的态度去对待，这样，你才能获得自己需要的最准确的答案，更好地完成手头的事情。当然，你也就能赢得他人的信任，获得自己人生和事业上的成功。

开发潜能

周 干

在大多数人眼中，我是一名建筑工程师，在自己工作的这个小天地里，过着满意舒适的生活。但是我还有另外一个身份——钢琴师，将巴赫、莫扎特和肖邦天才的音乐用我的双手重新带回现实。

多年前，当我攻读土木工程学位时，我在一个退休老人居住区的食堂打零工，当服务员。一天，休息时，我看到会议室里放着一架钢琴，我坐了下来，弹起了巴赫的二三部创作曲。轻快、有力的乐曲流泻而出，飘至大厅。大厅里精彩的电台节目不绝于耳，但这些老人们早已对此麻木，可此刻，他们却试探性地往里探了探头，然后干脆坐下来仔细倾听。让他们难以置信的是，他们看到的竟然是相貌平平、毫不起眼的我——他们的午餐女侍者。

“你在哪里学的啊？”

“你弹钢琴有多久了？

“你能弹拉赫玛尼诺夫（著名作曲家、钢琴家）的曲子吗？”他们再也不想让我迅速且安静地离开他们的餐桌。

“莫尔，等等。古尔德与霍洛维茨，你认为他们俩谁弹得更好？”

“古尔德。”我回答道。一场激烈的辩论也随之而起。

而在我大学毕业后，我全身心地投入到我的建筑行业。音乐、演奏已经彻底荒废，但一个假日音乐会上的发现让我想起了自己的音乐生活。

那天我听到了一个极具震撼力的男高音，那是我听到过的最美妙动人的“平安夜”。这个无与伦比的声音不属于别人，而是来自于史蒂芬——一个和我一起工作了很多年的同事。因为职业原因，我过窄地界定了史蒂芬以及很多人。在过去，工作几乎耗尽了我所有的精力，我常觉身心疲惫，无暇他顾。我想所有工作努力的人都有同样的感受。但是，史蒂芬的艺术才能却让我回想起了我自己潜在的音乐才华。

我又开始了训练，我的老师总是给我鼓励，他迫使我保持每周都练琴，要一天弹得比一天好，将自己的水平提高到一个新的层次。一次在飞机场的候机大厅，在转接班机的间隙，我毫不拘谨地弹奏了莫扎特的钢琴曲。步履匆匆的行人放慢了脚步，有的甚至驻足聆听；低头看报的人也抬头看我，这种感觉太棒了。每当我做了一个新商业中心的建筑方案报告后，都没有人像这样对我报以微笑，回以掌声。

心灵寄语

每个人都有自己的潜能，这些潜能很可能与我们的职业毫无关系，常被深深埋藏，把它们开发出来吧，这样你将能体验到更多彩的人生。

遇到狼就变成狼

莫尔·思露阿

如果在野外碰上一群狼，你的第一反应是什么？

有人说跑，有人喊打。

但是，稍微有点儿野外生存知识的人都知道，遇到野兽，最忌讳的就是扭头就跑。就是刘翔怕也跑不过四条腿的野兽吧！而且，只要你一转身，作势要跑，那么狼马上就知道了你一定比它弱，所以第一个咬的就是你。

向前跑，是追逐，代表着一种积极的性格；向后跑，是逃避，反映在人格上，就是不敢面对现实，胆小懦弱。

公司里选拔留学深造的对象，只有 6 个名额，7 个候选人中你占了一个。领导一看名单，想都不想就把你排除了。为什么？因为谁都知道你向来与世无争，不出风头啊。别人抢了你的客户，你说："算啦，算啦，同事一场。"别人抢了你的职位，你说："无所谓，什么活儿不是干呀！"别人指使你做完这个再做那个，你总是好脾气："行行行……这样行，那样也行……"你看破红尘，不争名利，在这紧要关头，不删你删谁啊？要知道，容忍要有限度，善良并不是终极品质。当你遇到一只狼的时候，它会把你的过分退让当成是怯懦，从而将你彻底吃掉。那时，你连反抗的机会都没有了！

既然沉默或者退让等于牺牲，那么就拼了吧——打！

希特勒把世界看成他面前的“狼”，于是打了。打下整个法国只用了一个多月，算是够厉害的了。最后却难逃自杀、被焚尸的下场。比希特勒更能打的是斯大林。第二次世界大战的时候，希特勒的军队闪击波兰，攻下法国的防线，空袭英国，席卷整个欧洲，最后却被苏联红军一举拿下。你可能搞得定一个、一时，但你打不赢一群、一世。

所以，著名经济学家茅于轼先生说：“我们发展得慢，就是因为我们的动作太快。遇到麻烦，第一就是对着干。”

打，没有出路。

那么，如果当真掉进狼群里，到底该怎么办呢？不妨将这个疑问先放在肚子里酝酿一会儿，先听我讲个故事。

这是“海尔”的总裁张瑞敏先生讲过的例子：有个日本商人做微波炉生意，当年要进入美国市场的时候，他发现美国人凡事都喜欢大的，房子要大，车要大，冰箱要大，电视要大……于是他就把微波炉也做得很大。结果，真的很受欢迎，赚了一大笔钱。后来，有一个贵妇给自己的宠物洗完澡，突然想起了微波炉，说明书上说用于加热，于是她就把爱犬给塞了进去，后果可想而知。那贵妇跟她的爱犬感情深厚，一怒之下就将这位商人告上了法庭。要是这事儿放在中国，谁都会想这都怪那个贵妇太蠢，明摆着的错误她非要犯啊！但是，美国人可不这么想——微波炉的说明书并没写不能给活物加热啊。最终，美国的法律判那个贵妇胜诉，责令商人赔偿她的损失。那可是一条名犬，商人狠赔了一笔，那个倒霉的日本人最后得出结论说：美国人的思维就是那么直接，他们不是人，更像是狼。

现在你明白该怎样对付这群狼了吗？对，你也变成狼，用狼的思维来考虑，那么自然就不会被咬伤了。

遇到狼先变成狼，这是最好的方法。那个日本商人原来也是懂得这条道理的，所以先摸清了美国人喜欢大的脾性，然后让自己顺应趋势，把微波炉也做得很大。事实证明，他的这次蜕变是正确的，也在市场上赢利不少。然而，坏就坏在他蜕变得还不够彻底，没弄清美国人的思维方式就是直线型的，所以最终“丧命狼口”。

大到一个物种，小到一个团体，在它慢慢形成的过程中就逐渐形成了自己的文化和风格。对于想要涉足这个团体的人来说，这些已然成形的规则就像一把利剑，顺我者昌，逆我者亡。如果你能很好地理解这个团体，并且让自己的处事风格符合它的标准，那么你就能很好地在其中存活，甚至利用这个团体壮大自己。相反，如果你违背了团体的标准，那也只有死路一条。

心灵寄语

生活中，谁也免不了要遇到各种各样的挑战、压力和麻烦。这时候就好像遇到了一群狼，我们到底该怎么办呢？不逃避、不对立，用狼的眼睛去查看，用狼的思维去思考，这样狼群的威胁也就能悄然化之了。

烦恼箱

佚　名

有一个心理学家做了一个很有意思的实验。

他要求一群实验者在周日晚上把未来七天会烦恼的事情都写下来，然后投入一个大型的“烦恼箱”。第三周的星期日，他在实验者面前打开这个箱子，与成员逐一核对每项“烦恼”，结果发现其中90%的担忧并没有真正发生。

接着，他又要求大家把那些真正发生的10%的“烦恼”重新丢入纸箱中，等过了三周，再来寻找解决之道。结果到了那一天，他开箱后，发现那些剩下的10%的烦恼已经不再是那些实验者的烦恼了，因为他们都有能力对付。

心灵寄语

今天的烦恼，也许到了明天就不是问题了。不要总和眼前的愁事过不去，你怎么知道明天你不能解决它呢？

孩子们，暂停唱歌

张小失

十多年前的一个初春，音乐老师带我们去校园旁边的一片小树林练习唱歌。练习前，老师许诺：如果明天我们班在歌咏比赛上获得第一名，她就奖励每个同学两块大白兔奶糖。这个诱惑实在太大了，同学们没有不激动的，个个儿摩拳擦掌。大家看着老师的笑脸，跟着她的拍子，卖力地唱。

可是正唱到动情处，我们忽然发觉老师神色有异，手不动了，两眼望着我们身后的某个地方，大家都回过头……

原来，小树林那边出现一位坐在牛背上的老奶奶。这位奶奶就住在校园附近的村子里，我们偶尔能看见她辛劳的身影。但今天情况不对劲：她似乎在哭，腰弓得像虾米，头昏沉沉地垂在胸前。

这时，老师轻轻叹了口气，手垂下来，两眼不再关注我们。有个同学急了：“老师，怎么不练习了？”

老师这才回过神来，摆摆手说：“孩子们，暂停唱歌。”

又有同学问：“老师，那个奶奶怎么啦？”老师压低声音：“不要大声。这位奶奶的孙子前几天死了，怪可怜的。现在，我们不能唱歌，那样她的心会很寒冷的……”

当时，大家都很肃静。按老师要求，我们必须等老奶奶走远才能唱歌。但是，老奶奶一直坐在牛背上，而牛一直就在树林附近吃草。也不知过了多长时间，下课铃响了，我们再也没有机会练习合唱。老师草草收了场。

第二天的歌咏比赛上，我们连第三名都没拿到。等到再上音乐课，老师却意外地带来了大白兔奶糖，给每个同学发两块。老师是这么解释的：虽然比赛失败了，但我仍然很高兴——你们的爱心得了第一名。

心灵寄语

爱心，就像一条项链一样，它来回地在人们之间传递。这个世界比名誉更重要的，是爱心。

心安是福

张丽钧

在北戴河海滨，有行走的小贩起劲地向游客们兜售贝壳。那是刚刚从大海里打捞出来的各种漂亮彩贝，用塑料袋装着，一袋里面有二十多枚。小贩跟定了我，不停地说："买一袋吧！才30块钱，比零买合算多了！"我禁不住诱惑，俯下身，认真地挑选起来。50块钱，我买了两袋，觉得占了很大的便宜。

但是，不久我就懊悔了。那可心的"宝贝"渐渐成了压手的累赘。一手一袋，越走越重，累得人连伞都撑不动了。同行的朋友同样手提两袋贝壳，苦笑着对我说："嗨，你还要不要？你要是要，我把这两袋给你。"

在老虎石附近，我看到一个和我们一样手提贝壳的老妇人，她一定也和我们一样为那压手的"宝贝"所累。只见她蹲下来，双手在沙地上挖了个坑，然后就将那几袋贝壳放进了坑里。我和朋友会意地笑起来。朋友忍不住逗她："阿姨，您当着这么多人的面埋藏宝物，不怕被别人偷走吗？"老妇人一边往坑里填土一边快活地说："等会儿我走了你就来偷吧！"

离开了老妇人，朋友对我说："要不，咱也先把这东西埋上，等回来的时候再刨出来。你看咋样？"我坚决不同意，说："跟那个坑比起来，我更愿意相信自己的手。"

接下来，我们租垫子戏水，又打水滑梯。玩这些游戏的时候，我们轮流看护着那几袋沉甸甸的“宝贝”。说实在的，获得宝贝的喜悦渐渐被守卫宝贝的辛苦消磨殆尽。

太阳偏西了，我们疲惫不堪地往集合地点走。路过老虎石的时候，我们不约而同地靠近了老妇人埋宝的地方。朋友笑着说：“有三种可能——东西被老妇人拿走了；东西被别人拿走了；东西还在。”我环顾了一下四周，确信没人注意自己，将手里的长柄伞猛地往下一戳，“嚓”的一声，是金属碰到贝壳的声音。“还在！”我和朋友异口同声地喊出声来！

突然间，我心里很黯然很惆怅，我在为自己愚蠢地错失了仿效老妇人卸掉重负的机缘而沮丧。想想看，人在世上漫长的旅程中，最沉重的其实并不是某种外物，而是自己那颗无法安定的心啊。一个巢，心安下来就是家；一个穴，心安下来就是福。想那个老妇人，天真地挖了一个坑，然后心安地把一份天真寄存在里面。这一日，她一定玩得比我们好，她轻松地行走，轻松地戏水。待到她归来刨出她的彩贝，她就可以微笑着为自己的心安加冕；而我呢，我在不心安地奔波劳顿之后，又为自己选择了不心安而难以安心。我的累，源于手，更源于心啊。

心灵寄语

很多时候让我们心力交瘁的不是别的，正是我们自己过分的戒心。人与人之间多一份信任，大家都会活得轻松快乐。

有一种天真

徐彩云

在我手忙脚乱往头上裹发卷的时候，楼下的电子门铃响了起来，糟糕，我心想，这时候客人来访，可我头发还没做好呢，我急匆匆赶去提话筒。

“请问是谁？”我接连问了两遍，没有回答，这电子玩意在跟我开玩笑吧，我把话筒放好，赶回去继续弄我的发卷。

叮咚，叮咚，门铃又倔犟地响了起来，我的手脚一乱，落了很多未稳的发卷，滚在沙发边，钻进床底，真是一片狼藉。“到底是谁？”我没好气地冲着话筒喊，可还是没有回答。

又是那些孩子在捣乱吧？我气坏了，当初叫工人把按钮放高些，好让顽皮的孩子够不着，可就是没人理会，我气愤地正想挂话筒时，突然听到那里传来极腼腆的声音：“我奶奶家在哪儿？”是一个女孩儿的声音，很稚嫩。

“你奶奶姓什么，住几楼？”我问。“我出来追狗狗的时候，找不到回家的路了。”小女孩儿很悲凉地说。我又好气又想笑，这女孩儿把门铃当成问路器了，大概以为按下某个按钮，就可以得到指引。

“我怎么知道你奶奶家，你问其他人吧。”我回答说。“可……可是，我还没吃晚饭。”小女孩儿很认真地说，在我沉默的时候，她竟哇哇大哭起来，说：

“你为什么不带我回家？”孩子的哭声里有一种让人不可抗拒的力量，我赶紧说：“好，好，等着阿姨下来，你别哭了。”

披着满头发卷的我，抱着一个泪痕未干的女孩儿，严格地说，是一个极美的女童，在她含糊的指点下，终于来到某栋单元楼下，她的父母正焦急地站在院子里，等待着她。

“你跑哪去了，急死我了。”孩子的母亲差点儿掉下眼泪。“是我按了电钮，她带我回来的。”小女孩儿指着我，仍执迷不悟地认为她是按了问路器，得到了理所当然的帮助。孩子的父母对我表示着感激，小女孩儿却得意地说：“只要按一个按钮，就有人带我回家，这是丹丹告诉我的。”

对，我慈爱地捏着女孩儿的手，她说得对，只要这种天真存在，她就有理由得到帮助，为什么不呢？我披着发卷，扮演了别人眼中的一位天使，这是一件多么美妙的事，孩子是相信善良的。此刻，我也是。

心灵寄语

天真使世界变得纯洁，天真使世界变得美好。

人生的另一种财富

苏 子

我从小便是在贫穷中长大的，当我还不懂得什么叫贫穷的时候，我首先懂得了耻辱。

我的父母是属于那种勤劳朴实却死板木讷的人。他们有一身的力气，但我们的时代已不是一个靠力气就能过上好日子的时代了。别人谈笑之间挣来的钱，是我父母辛劳一生也望尘莫及的。然而令人欣慰的是，他们拼命干一天所挣的钱，我们一家三口能吃饱穿暖。作为独生女，我也能得到父母最大的爱。尽管这爱的表现方式不是肯德基，不是麦当劳，不是苹果牌牛仔服，不是我叫不出名字来的各种名牌文具。但我在父母的庇护下也有了一个平静和谐的童年。

父亲对我的爱最直接，也最简单。父亲是蹬三轮车的，于是他每天蹬车送我上学。他弯起宽厚的后背努力蹬着车，有时还和我开个玩笑，“你看爸爸能到了。”特别是在雨天雪天里，我干干净净暖暖和和地来到学校。而到了放学的时分，父亲又早早地等在校门口，令不知道底细的同学羡慕不已，他们说你爸妈真疼你，天天雇车送你上下学。同学的话一下子提醒了我，如果让他们知道送我上学的不是家里雇的，而是我的亲生父亲，他们又该做何议论呢？我一下子被一种可能到来的强烈的耻辱感击垮了，我做了一生中最让我后悔的事，我默认了同学的误解。

父亲不知道我的心理，他不但蹬车送我上学，还时常到校门口我下车之后，再撵上嘱咐几句让我注意的话。有一次，这情景被一个同学看见了，她疑惑地问，蹬三轮的怎么和你那么亲啊。我害怕了，从此说什么也不让父亲送到校门口，远远地，在一个胡同里，我就让父亲停下来，然后环顾四周无人，提前悄悄地下了车。

父亲一开始没明白，依然坚持送我到校门口，可忽然有一天他似乎明白了点什么，于是再也不坚持了。我们父女心照不宣地达成了默契。放学时来接我的父亲，再也不像以前那样在校门口翘首企望了，他躲在那个胡同，等着我的到来。有一天下大雨，我跑到父亲那儿的时候，全身已经淋得透湿了。同样淋湿了的父亲，却紧紧地抱起我，我看见他眼中的泪水和着雨水顺着他的脸流了下来。

到我上了中学，我不顾父母亲强烈的反对，坚决不让父亲送我上学了。

父亲也试图去做过别的事，可他太老实，做事总是吃亏。一遇到必须竞争的事，比如占个摊位啦等，他总是大败而归。后来人们生活条件好了，坐出租车的人多了，坐三轮车的人少了，我们家的生活就每况愈下。

母亲四处打短工。母亲有一个原则，她挣的钱绝不花到过日子里，她要给我攒着，她从我小时候起就坚信，我能考上大学，她一心一意地提前十几年就开始给我攒学费。

我是我们家唯一能拿得出手的骄傲。从我上学开始，我们家真正的节日，不是新年，不是春节，不是任何一个人的生日，而是每一次学校公布考试成绩的日子。那一天母亲眉飞色舞，父亲扬眉吐气，我们家会吃上一顿红烧肉。所以在我的印象里，红烧

肉永远是最好吃、最解馋的东西。没想到的是大学里的一次红烧肉，却给我留下了终生难以抹去的耻辱的记忆。

到我上大学的时候，母亲面对学费的数额目瞪口呆，她拿出她一生的积蓄，也仅够我一个学期的费用，而且，还不包括我的生活费。我只好向学校提出了特困补助的申请。直到这时我才明白，小时候我的有关耻辱的感觉，比较起此时来，简直就像是毛毛雨了。

上学不几天，全班同学都知道了我是特困生，因为我的宿舍被安排在老楼里，那儿的住宿费要便宜多了。他们对我感到很好奇，我所就读的大学据说有一个别名，叫贵族学校。位于省城，很多同学家就在本市。每到周末，学校的几座大门前，都排满了出租车，一会儿，就被一一地召唤走了，载着市里的学生，飞驰而去。而每个周一返校时，他们都会带回一袋一袋我叫不上名字的小食品，还有家里又新给买的时尚衣物。平时课间休息时，几乎成了零食的海洋，各种饮料瓶、易拉罐、包装袋等满教室都是。他们耳朵上插着最新款的CD耳机，谈论的都是最流行的话语，手机也经常更新。对于许多同学来说，贫困和撒哈拉大沙漠一样距他们的生活太遥远。因为与众不同，我成了他们着重注意的人。这是我后来才发现的。他们用充满好奇和怜悯的眼光看我吃些什么，看我洗脸洗头时居然用的是洗衣服的肥皂，看我不使用任何化妆品的营养不良的黄皮肤。他们经常分享各人带来的不同的新鲜东西，甚至连衣服也经常换着穿。我只有悄悄地躲开。我心理上总有一种被人居高临下地俯视和可怜的感觉，让我难以忍受。我在吃饭的时候通常躲着同学们，不像其他的女同学那样三三两两，结伴而行。我从不上街，从不买零食，上学一年多的时间里，我穿的也还是家里带来的衣服，穿着那些衣服走在到处是青春靓丽时尚流行的校园里，前后左右扫射过来的惊异的目光，让我如万箭穿心。

图书馆成了我最常去的地方。我常常找个不易被人注意的旮旯，狼吞虎咽地噎进去一个没有菜的馒头，好一点的是一根麻花，最好时是两个包子，注意不被人看到我的窘态。剩下的时间，我用读书来陪伴大学里一个朋友也没有的孤独。书是不挑人的，它一视同仁地对待每一个打开它的人们。

但有一个奢侈的行为我却一直没肯放弃，这就是每月一次的和中学几个好朋友的网上聊天，它给了我孤独的大学生活一个极大的安慰。每到这个日子，我都极早跑到学校附近的一个网吧，占好位置，迫不及待地打开我的QQ，寻找想念已久的老同学。

有一次我在网吧遇上了一个同班同学，他当时惊诧的样子让我以为自己出了什么大毛病。我检省了一下自己，没发现什么，便把这件事忘记了。

我度过自己在大学里的第一个生日时，也是一个人，但那天我让自己又奢侈了一回，我第一次买了一份红烧肉，我也第一次大大方方地端着盘子和同学们坐在了一起。

当时在座的有两个我的同班同学，我至今清晰地记着他们那双惊诧的眼睛，那眼睛像不认识我似的反复打量，直到我将盘子里的菜吃得干干净净。

后来就到了让我终生难忘的那个耻辱的日子。

那是一次团会活动，大家讨论帮助特困学生的事。有同学当时就提出了自己的看法，他们说，特困生应该得到我们的帮助，可我们班有的特困生还上网吧；有人补充道，我看见我们班的特困生吃了红烧肉……

同学们把眼光射向了我。

我已经无地自容。

从小到大，我只知道贫穷是一个物质的概念，但到了大学，我才发现，贫穷更大程度上是对人的精神折磨。我可以忍受没有菜的干馒头，可以忍受落后于时代的出土文物似的旧衣服，我无法忍受的是这种被打入另类的感觉。我不明白，因为穷困，人就连寻找自己快乐的权利也没有了吗？为自己过一个生日难道就是犯罪吗？如

果当初我知道我会在这样一种境况下度过我的大学生涯，我不知道还会不会有拼命学习的毅力。大学让我知道了贫富之间的巨大差距，它给我带来的那种耻辱的感觉，比贫困对人的折磨要强大得多。

当帮助已经变成了一种施舍，我宁愿不要。

就在那一瞬间，我忽然醒悟到许多年来我对父亲的不公。我当年剥夺他对我表示爱的权利，其实也只是因为他穷，我也曾一样的残酷。我给了自己父亲耻辱，我也必须承受别人带给我的耻辱。

我在承受这种现实还是选择退学之间犹豫很久。

我想起了父亲宽厚的后背。高考最热的那几天，父亲不顾我的反对，执拗地坚决送我上考场。因为我被分到了离家最远的地方。父亲已经在不知不觉中老了，他努力想快一些，却总是力不从心。七月的骄阳下，汗水在他裸露的后背上淌出了一道道小沟。而我当时却坐在有着遮阳篷的车座中。我想起了当时自己的决心，爸妈，你们放心吧，我一定给你们带来盼望中的快乐。

我一想到父亲的后背，想起母亲接到我的录取通知书时眉开眼笑到处奔走相告的情景，我忽然感到，即使面对的是这样一种现实，我也无权选择放弃。贫穷本身不是罪过，因贫穷而放弃了自己生存的尊严，这才是罪过。就是在那一瞬间，我从多年压抑着我的耻辱感中解放出来，生活忽然在我面前明亮起来。

第二天是写作课，我知道老师布置的作业是感受你生活中的爱。许多同学充满激情地念起了自己的作文，他们感激父母为他们带来的幸福，丰裕和富足的家庭，从小到大为他们创造的条件，包括高考期间，每天换样地吃饭，包宾馆房间，为了他们更好地休息……老师沉静地听着，不做一声，直到最后，才巡视了一圈失望地问："还有没有同学要说呢？"

我稳稳地举起了手。

我讲了父亲的后背，冬天落在上面的雪和夏天淌在上面的汗；我讲了从小看到母亲为我攒钱的情景，每凑够一个整数，她就信心百倍地朝下一个数字努力；我讲小时候吃苹果，父母把苹果细细地削掉了皮，一口一口地喂给我吃，而削下来的苹果皮，他们俩却推来推去地谦让着，谁也舍不得吃。最后，母亲又用它给我煮了苹果水……

我说我很庆幸，贫穷可能让我们生活得更艰难些，但它却不能剥夺我们爱的权利，我感谢父母，虽然不能给我那种富裕，但却让我有机会细细地品尝到了容易被富足冲淡或代替了的爱。我为小时候对父亲的伤害而忏悔，我一定会向他当面道歉的，尽管我明白得晚了些……

我边说边能够听到，教室里一片抽泣的声音。

下课时，老师对我说，我非常感谢你，你比我更清楚地告诉了大家，什么是爱的真谛和尊严的意义。

我拿起我早已准备好的一个塑料袋，一个课桌一个课桌地捡拾着同学们丢弃的易拉罐、饮料瓶，我安然自若，贫穷依然伴随着我，但尊严也在我心中。

从这时候起，曾经有过的耻辱成了我人生的一笔财富。我从耻辱感中走了出来。我可以用一种正常而不是自卑的心态与同学们相处了。留在我身上的目光虽然特异，但也不让我感到难受了。我能够大大方方地在食堂的餐桌上平静地享用哪怕只有一个馒头的午饭，我在众目睽睽之下把我拾到的回收物品送到回收站。我承包了我所住的宿舍楼的卫生清洁工作。我做家教，搞促销，在不影响学习的前提下，做我所能做的一切。我要尽自己最大的努力，完成大学学业。

在那一个假期到来的时候，我给父母写了一封信，我详详细细地告诉了他们我准确的到家时间，并提出了我的要求，我让父亲一定蹬着他的三轮车去接我，我要

伏在他已经弯曲的后背上，告诉他我经历过的这一切一切……

心灵寄语

贫穷不是耻辱，放弃尊严才是真正的耻辱。从耻辱感中走出来，就能够走出贫穷。耻辱也就成为人生的另一种财富。

沉默的代价

若想获取别人的认可，那就先改造自己吧。如果连这点努力都不愿付出，又怎么能奢望什么成就，什么光环呢？

沉默的代价

慕 菡

以前有位同事得到的年终评语是：业务出色，态度认真。以后在表达上需要再接再厉。

原来他什么都好，就是终日寡言少语，再加上一脸肃穆表情，给人一种捉摸不透的感觉。既然摸不透，就要多加防范。因此只要他在场，空气就格外凝重。

话太少，会吃大亏。进公司三年，眼看着其他同事纷纷升职，唯有他原地踏步。原因其实很简单，所有的人都以为他是空气。如果不是想到他正在操办的项目，老板根本就想不起还有这个人。开会的时候，吃饭的时候，上班的时候，闲暇的时候，所有的人都在七嘴八舌地闲话，唯独他在角落里沉默。最绝的一次是公司组织集体活动，老板数来数去发现少了一个人。这一次他说话了：还有我。

在大公司做事，会因为许多稀奇古怪的事而伤心。英文不好要伤心，学历不高要伤心，长得丑要伤心，说话不懂得轻重要伤心，话太少就更要伤心了。

伤心也是活该，谁让你没顾及别人的心情呢？所有的人都在讲笑话，只有你木着脸。是你觉得这个笑话太低俗吗？是你和讲笑话的人有过节吗？是你对这种氛围很反感吗？或者是你自觉高人一等？

莫名其妙，让人生了这么多芥蒂，恐怕这是话少的人绝对想不到的。

最近遇到一个保险公司的高级代表，才28岁，就已经做到华东区销售总监的职位。接触下来，我感觉到她最大的制胜法宝就是话多。和我刚认识10分钟，她已经从她老公手机上的可疑短信讲到她最近在看的中医门诊，并且热情地把号码抄给我，让我有备无患，说不定什么时候能介绍给自己的朋友。“帮人就是帮己嘛！”她还不忘剖析自己，“我这个人，智商不高，但情商挺好，人家和我待在一起时总是挺开心的。”的确如此，她的许多客户如今都成了她的朋友。

正在就读MBA的老同学如今主攻的就是“表达自己”。他的老师不仅逼着他们大声说出自己的观点，并且鼓励他们站起来说，甚至站在桌子上挥着手臂说。如果不说，就不给学分。一向不喜欢在课堂上回答问题的他，为了对得起高昂的学费，只好向自己宣战。

心灵寄语

若想获取别人的认可，那就先改造自己吧。如果连这点努力都不愿付出，又怎么能奢望什么成就，什么光环呢？

让生命化蛹为蝶

明飞龙

一个小孩儿，相貌丑陋，说话口吃，而且因为疾病导致左脸局部麻痹，嘴角畸形，讲话时嘴巴总是歪向一边，还有一只耳朵失聪。

为了矫正自己的口吃，这孩子模仿古代一位有名的演说家，嘴里含着小石子儿讲话。看着嘴巴和舌头被石子儿磨烂的儿子，母亲心疼地抱着他流着眼泪说："不要练了，妈妈一辈子陪着你。"懂事的他替妈妈擦着眼泪说："妈妈，书上说，每一只漂亮的蝴蝶，都是自己冲破束缚它的茧之后才变成的。我要做一只美丽的蝴蝶。"

后来，他能流利地讲话了。因为他的勤奋和善良，他中学毕业时，不仅取得了优异成绩，还获得了良好的人缘。

1993年10月，他参加全国总理大选。他的对手居心叵测地利用电视广告夸大他的脸部缺陷，然后写上这样的广告词："你要这样的人来当你的总理吗？"但是，这种极不道德的、带有人格侮辱的攻击很快招致大部分选民的愤怒和谴责。他的成长经历被人们知道后，赢得了选民极大的同情和尊敬。他说的"我要带领国家和人民成为一只美丽的蝴蝶"的竞选口号，使他以高票当选为总理，并在1997年再次获胜，连任总理，人们亲切地称他是"蝴蝶总理"。他就是加拿大第一位连任两届的总理让·克雷蒂安。

心灵寄语

是的，有些东西我们无法改变，比如低微的门第、丑陋的相貌、痛苦的遭遇。这些都是我们生命中的“茧”。但有些东西则人人都可以选择，比如自尊、自信、毅力、勇气，它们是帮助我们穿破命运之茧、由蛹化蝶的生命之剑。

一切都可以继续

莫小米

老子，儿子，孙子，一个厂子，事业发达，生活幸福。可是，人们却有很多的闲言碎语。

有人说老子：傻不傻啊，一份产业交给外人经营，别看现在恭恭敬敬，谁知他安的什么心。

有人说儿子：笨不笨啊，为一次过失，把整个人都卖给别人当儿子使，到头来产业还是人家的，多划不来啊。

从当初讲起吧。当初，老子白手起家，打出一片天下，创出一块品牌。老子有远见，过了知天命之年，就将大权移交大学毕业的儿子执掌。

儿子不负众望，家族产业按着老子的蓝图红红火火地发展。可惜就在即将上一个台阶时，儿子死于车祸，家庭与事业均遭重创。

幸好老人有个天赐的好儿媳，悲恸未了，便挑起了家族的重担。一个女子，以柔克刚，很快又在业界打出一片新天地。

但老天是如此残忍，在一次产品交流会的归途中，儿媳妇又出了车祸，50天植物人之后谢世。

老人几天晕厥，不到10年，他失去了儿子又失去了儿媳妇，他的小孙子失去了爸爸又失去了妈妈。一个家庭破碎了，一份产业，也岌岌可危。

导致儿媳妇死亡的那次车祸的责任人，说来你难以置信，就是开头所说的那个儿子。

他也是去参加那次产品交流会的，应该说是同行。深深的内疚之后他提出：要是可以免于起诉，他将为老人养老送终。

老人便做出一个人人都意想不到的决定，不仅免于起诉，还收他为义子，并把家族产业交给他来经营。于是形成了开头所说的局面。

当事人的聪明在于，他们什么都听到了，他们什么都不理会，他们用时间和行动来说话。现在又是十余年过去了，老子拥有老年人的天伦之乐，儿子拥有中年人的事业成就感，孙子在亲情中健康成长，已经是一名大学生。

我们现在不老说享受人生吗？很多人都以为享受人生就意味着吃好穿好住好玩好再奢侈一点儿才更好——这个理解没错，但未免简单。上述例子与其归结为以德报怨什么的，我更愿意将其理解为当事人懂得享受人生。天灾人祸难免，取一个和解的姿态，就一切都可以继续。

心灵寄语

有些时候没有必要剑拔弩张的，采取一个和解的姿态，大家都有台阶下，对谁都有好处。

心态一变快乐来

冰 诚

那年，陈小欢还只是一名初一年级的学生，在她的暑假作业本里，有这样一道题目："认识生活——请采访你周围20个熟悉或不熟悉的人，请他们说出当天自己快乐的事，并记录下来。"她用了整整两天时间，碰见人就问："你快乐吗？"同时手上拿着个小本子，十分认真地做了"采访记录"。

爷爷：去体检，医生说没生什么病。

老爸：被老妈命令洗衣服，结果在老妈的一件衣服里，发现了50元钱，高兴地塞进自己的口袋。

老妈：下了一场大雨，发现空气真是太新鲜啦。

我自己：中午吃大闸蟹，特好吃。

我的同学陈浩：打开电视，刚好看到中国队和皇马队的比赛，中国队居然进了一个球。

我的同学梦颖：S.H.E又出新唱片了。

我的死党丽荷：早上醒来睁开眼睛，想到居然是暑假，而且居然作业不多。

表哥：追求N个月的小姐终于答应和我约会了。

表姐：出去"血拼"，成果非凡，共收获一件上衣，两条裙子，一个皮包。

表弟：某网游账号成功升上100级，并荣登帮主。

小叔：受到主任夸奖，被称赞大有前途。

出租车司机：正为塞车烦恼时，收音机里传来好听的歌。

小区门口卖报的阿姨：早上用10元钱买报的小伙子，不待自己找钱就走了，傍晚终于被自己碰上，把钱找还给了小伙子。

三轮车夫：下了一场大雨，生意特好，腿都踏酸了。

建筑工地上的民工叔叔：打电话回家时，听见女儿的笑声（他的女儿已经6岁，仍然没上过幼儿园）。

王阿姨 5 岁的女儿露露：用妈妈的洗发液吹泡泡，发现太阳照在上面五颜六色的，煞是好看。

陈奶奶：到老年大学学拉二胡，练了一个月，终于能拉出一首《茉莉花》了。

陈奶奶的老伴陈爷爷：终于不用再听陈奶奶“锯床腿的声音”了。

送快餐的服务员：快餐送到时，听见客户说“谢谢”。

我的狗狗“快乐憨憨”：虽然它不会说话，但从它那屁颠儿屁颠儿的架势来看，它还在为刚才那根骨头“大餐”而感到快乐无比。

其实，大家如果都能有陈小欢的“快乐记录”里的“主人”那样的心态，就会发现快乐无处不在，随时都有！

心灵寄语

其实快乐就在我们身边，只要我们用心去体会生活，用心去感受生活，怎会发愁没有快乐呢？

真正的朋友

宛 彤

一般的朋友从来看不到你痛哭，而真正朋友的肩膀会被你的泪水弄湿。

一般的朋友不知道你父母的名字，而真正的朋友则有他们的电话号码。

一般的朋友前来你家拜访像客人一样拘束，而真正的朋友会像在自己家中一样，打开冰箱自取想喝的饮料。

一般的朋友会在一次争吵之后宣告你们的友谊已经结束，而真正的朋友则明白不打不成交。

一般的朋友会希望你永远陪伴在他身边，而真正的朋友则愿意永远陪伴着你。

一般的朋友在读完这段文字后会把它扔进废纸篓，而真正的朋友则会把这篇文章寄给你。

心灵寄语

也许你还在因为某人当着众人的面不留情面指责你而生气，但静下心来仔细想想，那个不怕得罪你，指责你缺点的人才是真正关心你，帮助你进步的真正朋友。

你是我的英雄

丽莎·麦克考米克

作为一个单身母亲，我的生活充满艰辛，时间和薪水似乎永远不够用。但儿子丹尼是我最大的安慰。记得他上大学后，有一年在家过暑假，早上，我去厨房做早餐，突然发现一大束红玫瑰正在餐桌上迎接我。花瓶旁边还有一封信：

“她从繁忙的工作中抽出一天带男孩儿去体育馆看他的英雄，从家到体育馆就足足花了三个半小时。她用仅有的积蓄给男孩儿买了件高价T恤衫，因为那上面印着他的英雄飞身射门的照片。比赛之后男孩儿想要英雄的签名，于是她陪他在停车场里一直等到凌晨一点，尽管她那天早晨七点还要上班。有一件事，小男孩儿花了很长时间才明白，谁是他真正的英雄——是您，亲爱的妈妈！”落款是“儿子丹尼”。

心灵寄语

遗憾的是，很多人到了身为人父、为人母的时候才发现，自己的英雄其实是唠叨、责骂、关心和爱护了自己多年的父母——别让这一刻来得太晚。

让理想转一个弯

徐连祥

他是个农民，但他从小的理想就是当作家。为此，他一如既往地努力着，十年来，坚持每天写作500字。每写完一篇，他都改了又改，精心地加工润色，然后充满希望地寄往各地的报纸杂志。遗憾的是，尽管他很用功，可他从来没有一篇文章得以发表，甚至连一封退稿信都没有收到过。

29岁那年，他总算收到了一封退稿信。那是一位他多年来一直坚持投稿的刊物的编辑寄来的，信里写道："看得出你是一个很努力的青年，但我不得不遗憾地告诉你，你的知识面过于狭窄，生活经历也显得过于苍白。但我从你多年的来稿中发现，你的钢笔字写得越来越好……"

就是这封退稿信，使他摆脱了困惑。他毅然放弃写作，而练起了钢笔书法，果然长进很快。现在他已是有名的硬笔书法家了，他的名字叫张文举。就这样，他让理想转了一个弯，继而柳暗花明，走向了成功。成功之后的他向记者感叹：一个人要想成功，理想、勇气、毅力固然重要，但更重要的是，人生路上要懂得舍弃，更要懂得转弯！

有一个人在上中学时，父母曾为他选择了文学这条路，只上了一学期，老师就在他的评语中作出如下结论：该生很用功，但过分拘泥，这样的人即使有着完善的品德，也绝不可能在文学上有所成就。于是，他又改学油画，谁知他既不关心构图又不会调色，对艺术的理解力也很差。后来，还是化学老师发现他做事一丝不苟，具备做化学实验应有的品格，建议他改学化学。

这一次，他智慧的火花被点燃了，其化学成绩在同学中遥遥领先，以致后来他获得了诺贝尔化学奖，他的名字叫奥托·瓦拉赫。

其实，每个人的智能都不会是均衡发展的，人人都有各自的强项和劣势。

也许人生中的有些失败，并不是因为我们努力得不够，而可能只是因为我们暂时还没有找到最适合自己走的那条路。所以，当我们为了理想而努力，却在错综繁杂的人生道路上迷途、碰壁的时候，要学会舍弃和转弯，并随时校正自己的理想，因为有些理想未必就不是歧路，而最适合你发展的路径，或许才是你真正的方向。

心灵寄语

也许你热爱篮球但偏偏个子不高，也许你热爱绘画却天生对色彩没有把握。没有人是全能的，也没有人是一无是处的。不要拘泥在一个起点，多去试试，总有一个梦想适合你。

心中有爱

冷　柏

任何人都逃避不了一个最简单的自然法则——死亡。死亡并不可怕，再完美的戏总有谢幕的时候。然而，一个即将谢幕的幼小的生命，却让我如此动容，让我庄严地向她致敬。

13岁的小女孩儿周越家住山东省德州市乐陵，那是一个盛产金丝小枣的地方。她曾和其他快乐的孩子一样健康活泼，但是一场病夺去了一切。那病是白血病，也称血癌。由于家庭无力承担几十万元的医疗费用和找不到同一类型的骨髓，她已经错过了最佳治疗的时机。等待她的只能是短暂的生命历程，一个花蕾很快就会凋谢。她说服了自己的父母，决定在死后把自己的遗体捐献给社会，让医生们解剖，以寻找治疗疾病的方案。

这是2001年11月27日晚上山东齐鲁电视台播放的一条新闻，采访的记者们都哭了，我也哭了。周越平静地说：“我知道自己的病看不好了，我妈妈下岗了，只有爸爸一个人在上班，家里的积蓄只够十几天的口粮，是社会上的叔叔、阿姨、伯伯们为我献爱心，捐钱给我治病，我没有能力回报他们了。我死之后，一把火把尸体烧成骨灰太可惜了，把遗体捐献给国家吧，让医生能治好像我这样的病人。”

当时，她执意让房间里的人都出去，只留下一名女记者说悄悄话。她附在女记者的耳旁说："阿姨，我知道自己不行了。住院八个月了，我一直没在爸爸妈妈面前哭过，我怕他们伤心，我在别人面前装得很坚强，其实我内心很害怕，我害怕失去这个美丽的世界。今天我是第一次哭……"

她哭了，没有关掉的摄像机记录下这一切。

她说她想在临死之前看看大海，看看海边的礁石，还有礁石下的小螃蟹。

据说，节目播放以后，电视台一夜之间接到了四百多个热线电话。大连、威海、青岛等地的人都愿意把孩子接过去，让她看一眼大海。然而，这一切都阻止不了死神的迫近。

为什么一个幼小而又脆弱的生命竟蕴藏如此巨大的精神力量，让每一个活着的健康的人向她致敬——因为她心中有爱，有别人。也许现代医学永远不可能再治好她的病了，可即使在不久之后的一天，她平静地闭上眼睛，我们还会记住她的美丽。

心灵寄语

当生命已经不再对我们忠诚的时候，或许只有爱才能给我们安慰和感动。

牧羊人与断角羊

赵德斌

有一天，牧羊人把一群山羊赶到绿草如茵的山坡上去吃草。

山羊同往常一样一只只分散开，埋头吃着青草，而牧羊人则躺在一棵大树底下，吹奏他心爱的笛子。

中午时分，牧羊人从一只小布袋里取出面包和奶酪，吃饱了肚子，又走到清泉边喝足了水，然后躺下睡觉。

待牧羊人醒来时，太阳快要下山了。他赶紧爬起身吆喝着，把分散的一只只山羊召集起来。可是数来数去就是少了一只羊，最后，他看见那只掉队的山羊站在一块高耸的大岩石上。牧羊人冲着它吹了一声口哨，可是那只山羊就像没有听见一样。

牧羊人不禁火冒三丈，从地上捡起一块石头朝那只山羊掷去，他只是想吓唬一下那只山羊，让它快点儿从岩石上下来。没有想到的是，牧羊人投掷得那样准，那块石头竟击中了山羊的一只角。也许是他用的力气太大的缘故，那只角顿时断成了两截。

牧羊人一时不知所措，因为他知道，要是他的主人发现了，肯定会怪罪他没有尽心尽力放牧好羊群，不知会怎么惩罚他呢，说不定还会因此把他赶走。

在绝望中，牧羊人央求那只山羊，说："亲爱的山羊，请你帮帮我的忙，不要告诉我的主人你今天的遭遇，要不我就完蛋了！"

"你放心吧，我保证不会告状！"山羊回答说，"但是，我怎么能遮掩得住我的遭遇呢？所有人都会清楚地看到我的一只角断了。"

心灵寄语

若想人不知，除非己莫为。避免东窗事发的最好方法就是不做。既然已经做了，就不要指望掩盖住，否则只能欲盖弥彰。

青蛙的悔恨

凝 丝

夏天来临的时候，蝌蚪的尾巴逐渐消失，变成了青蛙。

青蛙向癞蛤蟆请教上天的办法。癞蛤蟆说："你要想上天，办法只有一个：巴结天上的仙鸟——天鹅或者凤凰，让它们助你一臂之力。"

青蛙牢牢记住这句话，只是苦于一直没有机会。

这天，青蛙突然发现一只天鹅落到池塘边，真是喜出望外，连忙提上早已准备好的小虾小鱼，上前搭话。

"这些礼品，微不足道，还望……"青蛙像臣民见了皇上，不敢正视尊颜，说话也卑微起来。

天鹅大受感动："难得你这片孝心，自打我受伤以来，你还是第一个来看我的哩。"

"受伤？"青蛙抬眼看去，这才发现天鹅一只翅膀耷拉着，膀根鲜血淋漓。看样子，再想飞起来只是妄想了。

"哼！"它马上变了颜色，"看望你？孝敬你？我图个啥哟！"

说完，它带上小鱼虾，三蹦两跳不见了。

青蛙回去后，越想越窝囊，第二天一早，它又来到天鹅跟前，打算奚落它几句，以泄心头之气。哪料还未开口，只见天鹅展开翅膀，凌空飞去了。

青蛙后悔莫及，不住地埋怨自己："我真糊涂！我真糊涂！怎么没想到它还有再上青云的这一天哩！"

心灵寄语

真是龙游浅滩遭虾戏，虎落平阳被犬欺，然而，虎终究是虎，龙也终究是龙。莫非天鹅能永远与青蛙相类？

给　予

追求成功的脚步我们从未停止，这个过程的对与错我们常常会忽略，而在追求成功的过程中有些方式是否合适呢？

生命的链条

佚　名

有个老铁匠，他打的铁比谁都牢固，可是因为他木讷又不善言辞，所以卖出的铁很少，所得的钱仅仅只够勉强糊口而已。

人家说他太老实，但他却不管这些，仍旧一丝不苟地把铁链打得又结实又好。有一次，他打好了一条船用的巨链，装在一条大海轮的甲板上做了主锚链。这条巨链放在船上好多年都没有机会派上用场。有一天晚上，海上风暴骤起，风急浪高，随时都有可能把船冲到礁石上。船上其他的锚链都像纸做的一样，根本受不住风浪，全都被挣断了。最后，大家想起了那条老铁匠打的主锚链，便把它抛下海去。

全船一千多名乘客的生命和货物的安全都系在这条铁链上。铁链坚如磐石，它像只巨手紧紧拉住船，在狂虐的暴风中经住了考验，保住了全船一千多人的生命。

当风浪过去，黎明到来，全船的人都为此热泪盈眶，欢腾不已……

心灵寄语

真金不怕火炼。同理，在严峻的考验面前，只有真正有能力的人才能过关。

给 予

碧 巧

我有一位朋友，以推销装帧图案为业。最初，他在向一家大公司推销装帧图案时，几乎每个星期都要到这家公司跑一次，甚至几次，一跑就是一年多，结果一无所获。这家公司的主管看过图案后，总是遗憾地告诉他："你的图案缺乏创新，对不起……"

朋友说，他几乎没有勇气再登这家公司的大门了。一个偶然的机会，他受一本心理学著作影响，决定换一种思维方式试试。

朋友这次带着未完成的草图，再次叩开了这家公司的大门。见到主管，他恳切地说："先生，您看，我这里有一些未完成的草图，希望您能在百忙之中抽空给我指点一下，以便我能更好地把这些装帧图案修改完成。"

主管答应看一看。几天以后，这位朋友又去见那位主管，并根据他的意见，把装帧图案修改完成。最后，这批装帧图案全部推销给了这家公司。朋友又用同样的方法，成功地推销了许多装帧图案。朋友说："我现在明白了以前一直无法成功的原因，因为我强迫别人顺应自己的想法，现在不同了，我请他们提供意见，然后再根据他们的意见将图案修改完成，这样，他们对自己参与创造设计的装帧图案自然就很满意了。"

是的，如果我们要想与别人合作，最好的办法不是去乞求别人的施舍，或是期盼别人接受，而是设法让别人参与到我们所干的事情中来。古人云，欲取之，必先与之。我们为什么不能改变一下思维定式呢？如果反其道而行之，欲与之必先取之，或许事情就好办多了！

心灵寄语

追求成功的脚步我们从未停止，这个过程的对与错我们常常会忽略，而在追求成功的过程中有些方式是否合适呢？

我听见了长大的声音

静松

17岁那年，我已长得人高马大了，和父亲站到一块儿，我足足比他高出半个头来，虎背熊腰的，威武得不行。父亲常常高兴地拍着我厚厚的肩胛说："瞅瞅，成一条大汉了。"

块头虽然不小，但因为我一不甘心像父亲那样一辈子泡在一亩三分地里，二是嫌外出打工不体面，所以整天待在家里，东游西逛无所事事。那年春天，村东头福海叔家翻盖新瓦房，人手紧，父亲跟我说："你在家里闲着也是闲着，明天去你福海叔家帮把手去。"

我说："我又不会干泥瓦活儿，我去干什么？"父亲说："不会做手艺活儿，你搬砖运瓦总能干吧？"我一听，脖颈儿顿时就梗了起来："让我搬砖运瓦呀？听那一群泥瓦匠指东吆西？我不去！"

父亲瞅了我半天，叹口气："俺知道你，又嫌去搬砖运瓦不体面了不是？不去也行，咱俩明天换换工，你去镇上买几袋化肥，我去你福海叔家帮忙。"父亲也不是什么手艺人，只有一身好力气，村里谁家翻房盖屋了，即使人家不来找，父亲听说了就去搬砖、运瓦、和泥，尽做一些笨重的苦力活儿，但父亲在乡亲中却挺有威望，十里八村的乡亲们说起他，都啧啧称赞说："那真是个好人呀。"

第二天清早，父亲就去了福海叔家。吃过早饭，我套好一辆架子车，拽着去20余里外的镇上买化肥，回来时可就难了，七八袋化肥，七八百斤重，一溜的上坡路，我拼命地弓着腰拽，没拽出多远，汗水就把上衣洇透了，两条腿儿也软得直打战，心怦怦直往嗓眼儿跳，上气难接下气。正愁得不行时，恰遇到几个过路人，他们二话没说，将自己拎的东西往我车上一扔，就挽起袖子帮我推起来。车轱辘沙沙地，车子一下子变得又轻又快了。上到坡顶，我望着他们一张张汗涔涔的脸，心里十分感激，红着脸一个劲儿地对他们说："大叔大婶，我谢谢你们了！"几个人淡淡地笑笑说："没啥，不就是搭把手吗？"

夜里，父亲从福海叔家回来，问我："这么多化肥，一个人怎么拉回来的？"我跟他讲了上午的事。听罢，父亲说："你向人家道过谢没有？""当然道谢了。"我说。父亲思忖了半晌说："你尝过别人向你道谢的滋味吗？"我摇摇头。"你整天待在家里也憋得慌，这两天买化肥的人多，你明天去路上转悠转悠，见有需要帮忙的人，就伸手帮一把吧。"父亲说。

第二天闲在家里没事，我就一个人步行着去镇上转悠了一圈。返回时，果真见有几个艰难运化肥的乡亲，想想自己昨天的情形，我默默挽起了袖子，快步上前，不声不响地帮忙推起来。车到了坡顶，拉车的人回过头来，满脸感激说："小伙子，谢谢您帮忙了！"

"谢谢您？"我一愣。这是我第一次听到别人对我说这样的话，脸羞得热热的，心里却兴奋极了！我以前多少次向别人道过谢，但没想到别人向自己道谢时，这瞬间的感觉是这么地美妙，像薰香的微风，又像池塘的涟漪、月夜下的曼歌。

回到家里，我还沉浸在这种兴奋和快乐中。夜里父亲回来，看到我舒心的模样，笑着问："尝到别人向你道谢的滋味了？"我点点头。父亲又问："比你向别人道谢的滋味怎么样？""当然感觉好多了！"我说。

父亲笑了。父亲顿了顿说："你

长这么高了，成一条大汉了，应该懂得这种事理了，当你自己还总是对别人说谢谢的时候，你是找不到快乐的。当别人由衷地对你说声‘谢谢’时，快乐就会来找你。人活这一辈子，应让别人经常对你道谢，只要你心里常揣着一句让别人‘谢谢我’，活着就是高兴和快乐的。”

“谢谢我？”我愣了，当我又细细品味了父亲的这番话后，不禁对向来不屑一顾的父亲肃然起敬了。

第二天早晨起来，我对父亲说：“今天你忙家里的活儿吧，我去福海叔家帮忙搬砖运瓦！”父亲咧着嘴赞赏地笑了：“去吧去吧，能给别人帮助，你才知道活着的味道。”多年以后，当我阅读托尔斯泰的作品时，发现了这样一句话：“为别人而生活着是幸福的！”

这和父亲的“谢谢我”有异曲同工之妙啊！

“谢谢我”，是我成熟的一座纪念碑。从一句句轻轻的“谢谢你”中，我听见了自己长大的声音。

心灵寄语

生活的过程是难得的，我们在生活中更多的是为自己而活，而反过来我们也同样的为别人所着想，那么我们的世界将是多么美好的一片景象。

永不受伤的飞翔

马 德

那天下班的路上，我不紧不慢地骑车往家里赶。

快过幸福大街的时候，一辆摩托车从我身后呼啸着过来。我发现这辆车的轱辘后边好像拖带着什么东西。起初，我以为是一根慌了神的柴草，一失足被卷到了轱辘里。后来，我发现，那不是柴草，好像是根线，线后边还拴着一样东西。

正好这辆车要往旁边的巷子里拐，速度慢了许多，我才看清楚，车上有两个人，前面是个女的，后边是个男的。男的手里拿着一截儿短棍，短棍上系着一根细线，线的末端拴着的，竟然是一只鸟。

那只鸟显然已被拖得奄奄一息了，身子和腿已经不能动弹，只是它的翅膀还在扑腾着。努力地保持着向上飞翔的姿势。我看不到鸟的表情，但从它的挣扎中，我能感受到它的痛苦。

我本能地紧蹬了几下，赶在那辆车的前面停了下来，急切地把小鸟的惨状告诉了他们。谁知后面的那个男人几乎看都没看，只朝我一瞪眼，不耐烦地说：“我早知道了，用你管？”

我一下子愣在那里，不知道说什么好。我笑了笑，说："大小它也是个生命，你这么拖着它，明摆着是给它用刑啊！放了它吧。"我近乎哀求。谁知那个男人嘴里嘟囔了一句"这人有病"，就催促着女人赶紧走。

摩托车又一次启动了，地上的鸟还在挣扎，但已经站不起来了，翅膀在颤抖中不断扑腾着。我正要放弃，一个孩子清脆的声音传了过来："叔叔，你把小鸟放了吧，你看它多疼啊，它妈妈看到了会哭的。"循着声音看过去，车的另一边，是一个小男孩儿。我认识这个小男孩儿，他就是附近那家馒头铺老板的孩子。我经常在那里买馒头，有时候就是他给我利落地找钱。

孩子的话显然触动了女人心中柔软的部分，她回过头对男人说："放了吧，放了吧。"男人看了我一眼，似乎还想说什么，但终究还是松开了手。女人一拧油门，走了。

鸟半躺在地上，似乎耗尽了所有的力气。男孩儿走过去，把它小心翼翼地放在了手心。我说："孩子，这小鸟伤得很重，恐怕……"我想表达自己的悲哀。不料，孩子抬头朝我灿烂地笑了笑，说："无论伤多重，治一治伤口，一样可以好好地活。"

这个孩子好像没有上过一天学，他的父亲早亡，他随着母亲来到这座小城，娘儿俩靠开馒头铺维持生计。我经常看见黑而瘦小的他，蹬着一辆破旧的三轮车，在巷弄四处吆喝着卖馒头。有时候，我还看到有孩子欺负他。前些日子，他的母亲又嫁了一个男人，那个男人的脸一天到晚阴沉沉的，也不知道对他怎样。我一直以为，这孩子应该是一个受伤的生命，在人生最美好的童年，他失去了同龄人应有的阳光、温暖和爱。他的可怜和无助，一度引起我的悲悯。

然而今天，他对待小鸟的态度和他的话让我震撼。我感受到了一个弱小生命骨子里的刚强。我说："那你就好好照顾它吧。"孩子说："放心吧，我会给它喂水、喂食。而且会陪它说话的……"

那只鸟最终怎么样了，我不知道。后来，那家馒头铺搬走了，孩子也不知道去了哪里。有意思的是，有一天晚上，我还梦到了那个孩子。梦中，他和那只被救的小鸟一起在晴空里幸福地飞翔。

我想，这样的一个孩子，无论在什么地方都会过得很好，因为一个骨子里永远不会受伤的生命，人生所有的艰难困苦，都会给他让路。

心灵寄语

人之初，性本善。也许随着年龄的增长，不断经历挫折后，为了保护自己，我们将我们的本性小心地隐藏起来，这并不是我们的错。但是，如果每个人都用一颗善良的心去感受生活，也许世界会是另一个模样。从我做起，善待他人，即使是弱小的动物，请相信，世界也会因为你和你们而改变的。

鲜血写就的入库单

李 玉

来深圳以前，我雄心壮志。自以为有一张大专文凭何愁工作。

到了深圳才知道，在深圳找工作的难度不亚于在马路上找钱。

经过半个多月的奔波，我仍一无所获，每一次都是因没有工作经验，又没有技术而泡了汤。

这天下午，我在华强北路的一个广告栏中，看到一则刚刚贴上去的招聘启事：一中日合资电脑公司招聘一名入仓记录员，要求大专文化，有无经验均可，有意者……我思量了一下，就顺着那广告上的地址找了去。

招聘地点就在这家公司六楼的客户洽谈室里，我走进去的时候，屋里已经有了二十多人，我排在了队伍的后面。此时，还有人陆陆续续地走进来。

因为有几个人的证件不合格，所以很快就轮到了我，查验完证件后，我被一位女士领去人事部面试。

我一眼就看见了面试官的衬衣扣子扣错了，在我坐下之前，我就平静地说："考官大人，在面试开始之前，请允许我提醒你一件事，你的衬衣扣子错位了。"然后我坐下来。

"是吗？"面试官用手整理一下衬衫，"噢，是搞错了，不过，这跟面试有

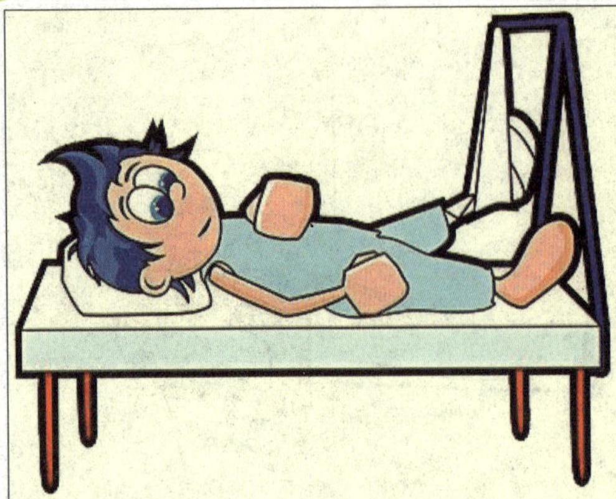

什么关系？你管的可是闲事哦！”

“不，我不认为这是闲事，你坐在这个位置代表的是凯达公司的形象，而我，作为贵公司的一名准员工，有义务维护公司的形象。”

“你不怕我拒绝你这份好心吗？”面试官面带愠色。

“不，虽然我迫切地想得到这份工作，可如果贵公司连这样的建议都不能接受，应聘不上也就罢了！”我面带微笑，不卑不亢地说。

“好，面试结束了，你可以走了！”

我站起来向出口走去，在出口处，走过来一位女同志，笑着对我说：“先生，你可以留下来，办理入职手续了。”

我愣住了，为这突如其来的喜讯。在办理完手续之后，我走出那栋可爱的大楼时，简直要欣喜若狂了。

后来才知道，面试官（中方老总）看中的就是我那股实事求是的认真劲儿。

工作不久，在一个大雨倾盆的夜晚，我带领一支装卸队伍入库一批电脑元件，老总也亲自上阵，他说，这批货无论是数量和质量都太重要了。

我在门里侧做入库记录，八个搬运工忙得如云穿梭，老总不停地报着品名和数量，我在飞快地记着。

突然，钢笔没墨水了，无论怎样画，也只是一道划痕，我的汗刷地下来了，我知道这次疏忽将带来什么样的结局。轻则扣掉奖金，重则被炒鱿鱼。

一道闪电霹雳响过了之后，我一激灵，老总在不远处催问：“记下了没？”

“记下了！”我飞快地应道，迅速地用大头针向左手食指戳去……鲜血马上蜿蜒而出，我把笔尖靠上去……

最终，我用自己的鲜血记完了那笔入库单。

老总拿着那张收货单和我对账，发现了入库单的异样，诧异我怎么用红墨水记账，“钢笔没水了，没办法，我只有……”我没说下去，惊愕的老总看到了我左手上冒出来的血珠儿。

第二天，我重新整理了一份入库单，将那份鲜血写就的记录夹进了我的日记。它时刻提醒我这份工作的来之不易。

如今，我已从一名普通的记录员走上了白领阶层。我始终把工作责任心摆在第一位，尽职尽责是我进步的阶梯。为了做好工作，我从来都是不惜代价，哪怕是流血。

心灵寄语

血书或许有些极端，但是这种认真负责，做事严谨的态度却值得我们学习。不要抱怨老板不赏识，你有上面故事里主人公的这种做事态度吗？

一枕黄粱

佚　名

从前，有个姓卢的青年，平时爱舞文弄墨，但却屡试不中，人们都叫他卢生。卢生家境非常贫寒，但他却总向往着荣华富贵。

有一次，他外出旅游经过邯郸，住在一家客栈里。在客栈里住着一个姓吕的老人，卢生见老人生得慈眉善目，谈吐不凡，于是便和他攀谈起来。在谈话之间，卢生连连叹息自己的穷困境遇，时时流露出不甘寂寞，向往荣华富贵的心情。

姓吕的老头知道了卢生的心愿，便从口袋里取出一个装饰着精致刺绣的漂亮枕头说："姓卢的这位后生，你枕着这个枕头睡一觉，就可以得到你所向往的荣华富贵了。"

卢生听了半信半疑，这时他看见店主人正在煮黄米饭，于是心想："反正离吃饭时间还早，不妨就试试吧。"卢生躺下去，头刚挨到枕头，果然就立刻做起美梦来。

不一会儿，他梦见他娶了清河崔府的一位高贵美丽的小姐为妻，然后过着锦衣玉食的日子，他发奋读书，到了第二年考中了进士。

然后皇上召见他，并且还钦点了他。后来，他步步高升，青云直上，凭着他在朝中的关系和皇帝对他的信赖，他不仅做了“节度使”“御史大夫”这样的封疆大吏，还当了宰相，而且一干就是十年，后来，由于他的卓越政绩和对国家的贡献，他被皇上封为“赵国公”。

他梦见自己有五个儿子，儿子个个都做了官，并且还都同名门望族结了亲。他还梦见自己有十几个孙子，孙子个个聪明过人。大小官员都和他来往，恭维他，称赞他，他觉得自己神气十足。他金银成堆，财宝无数，整天过着花天酒地的生活。他的年寿很高，一直活到八十多岁。

正当他沉浸在荣华富贵、纸醉金迷的生活之中，突然觉得枕头被人撤走了，于是立即从梦中醒来，睁开眼睛一看，店主人煮的那锅黄米饭还没熟呢。他感到非常惊异，几十年的富贵荣华，竟是短短的一枕黄粱。

姓吕的老头看见卢生有些醒悟，一边把枕头装在口袋里一边笑着说：“年轻后生，请记住，人生的荣华富贵就是一场梦。”

心灵寄语

纵然是梦，又有何人不曾做过呢？然而美梦易做，大器难成。荣华也好，富贵也罢，不靠自己的努力去争取，终究还是梦。

伯乐与千里马

芷 安

楚国人黄歇博学多才，喜欢招纳宾客，是战国四公子之一，封号为春申君，楚考烈王任命他为楚相。

有一天，一个叫汗明的贤能人士来见春申君，等候了三个月才见到春申君。见面交谈以后，春申君很高兴，也很喜欢汗明这个人。

汗明想再与春申君长谈一次，把自己的抱负和才华全部展示出来。

春申君却说："我已经了解先生了，先生就不要谈了！"

汗明说："相国您的贤德实际上不如唐尧，我的才能也不如虞舜。虞舜侍奉唐尧三年以后，才互相了解。现在相国一见面就了解我了，这就是说相国比唐尧还贤明吗？"

春申君说："有道理，说得好啊！"就叫来守门的官吏，让他把汗明先生登入门客的名册，并表示五天会见一次。

过了五天，汗明来见春申君，给他讲述一则《伯乐遇千里马》的寓言：春秋时期，有一匹千里马已经长到了可以骑乘的年龄，主人却让它拉着装载食盐的重车往太行山上走。

千里马四蹄伸直，膝盖弯曲，尾巴下垂着，皮肤也溃烂了，口吐白沫，汗水淋漓，到了半山坡上，它使劲挣扎着，但因为负担着沉重的车辕，怎么也拉不上去。

这时，相马专家伯乐坐车从这里经过，看到这种情景，赶忙跳下车来，攀扶着千里马痛哭起来，并脱下自己的粗麻布衣服盖在千里马身上。

伯乐为什么哭呢？千里马能日行千里，致远是它的特性，而负重是牛的特性。用千里马拉盐车，怎能发挥它的长处呢？看到这种用马不当的情形，伯乐怎能不伤心呢！

千里马于是低头长长喷了一口气，又抬起头来高声嘶鸣，嘶鸣声直冲云霄，好像金石敲击的声音那么铿锵，洪亮。是什么原因呢？

那是因千里马见到伯乐了！

心灵寄语

千里马常有而伯乐不常有。纵使春申君是礼贤下士之人，也需汗明自荐才能被重用。那些自认为有才能的人，不要总抱怨没人赏识，你向别人展示过才华了吗?

苦恼的小和尚

芷　安

寺庙里有个小和尚，他的工作就是负责每天早上清扫寺庙院子里的落叶，只是这些，就需要花费许多时间。

尤其在秋冬之际，更让小和尚头痛不已。他竭力思考，每天都在想办法，而且还讨教庙里的师兄弟：怎么让自己轻松些。

后来，这件事让住持知道了，住持就找他谈话。小和尚很老实，就实话对住持说了。住持跟他说："你在明天打扫之前先用力摇树，把树叶统统摇下来，后天就可以不用扫落叶了。"

小和尚一听，心想：还是住持的脑子好，我来这么长时间，想了很多种办法，竟然还不如住持一句话。

于是隔天他起了个大早，连脸都顾不得洗，直接奔到后院，使劲地猛摇树，这样就可以把今天跟明天的落叶一次扫干净了。一直摇到他认为差不多了为止，随后，又用笤帚扫了一遍，才放心地回去吃饭，一整天小和尚都非常开心。

第二天，小和尚到院里一看，不禁傻眼了：昨天的工夫全都白费，照样，院子里如往日一样落叶满地。

这时，住持走过来了，对小和尚说："傻孩子，你知道我为什么给你出那个主意吗？就是要让你明白：无论怎么用力，明天的落叶还是会飘下来。”

小和尚终于明白了，世上有很多事是无法提前的，唯有认真地活在当下，才是最真实的人生态度。

心灵寄语

人生最愚蠢的事是预支烦忧。每一天都有每一天不同的生活，今天有今天的欢乐和烦忧，明天又有明天的欢乐和烦忧。明天才能做的事情，明天的欢乐和烦忧，今天都无法解决，因此，不要更多地费心于明天及以后的事情，快乐地度过今天的时光吧！

珍珠猫眼与金猫身

雪　翠

大卫和约翰是一对要好的朋友，他们一同外出旅行。到了目的地后，约翰在酒店里看书，大卫到街上闲逛，他看到路边有一个老妇人在卖一只玩具猫。

老妇人对他说，这只玩具猫是祖传宝物，因为儿子病重无钱医治，不得已才将它卖掉。大卫随手拿起玩具猫，发现猫身很重，似乎是用黑铁铸就的。猛然间，大卫发现，那一对猫眼是珍珠做成的，他为自己的发现欣喜若狂，赶紧问老妇人这只玩具猫要卖多少钱。老妇人说，因为要为儿子医病，所以三美元便卖。

大卫说："那么我就出一美元买这两只猫眼吧？"

老妇人在心里合计了一下，认为也比较合适，就答应了。大卫回到旅店，兴奋地对约翰说："我仅仅花了一美元就买下了两颗大珍珠，真是不可思议。"

约翰发现两只猫眼的的确确是罕见的大珍珠，便询问事情的经过。听完大卫的讲述，约翰立即放下手中的书，跑到街上，找到了那位老妇人，要买那只玩具猫。老妇人说："猫眼已经被别人先买去了，如果你要买，就给两美元吧。"

约翰付钱将玩具猫买了回来。"你怎么花两美元去买一只没眼珠儿的玩具猫啊？"大卫嘲笑他。

约翰并不在意，反而向服务员借来一把小刀，刮开猫的一只脚。黑漆脱落后，居然露出灿烂的黄色，他兴奋不已地大喊道：“果然不出我所料，这玩具猫是纯金的啊！”

当年这只玩具猫的主人，一定怕金身暴露，便将它用黑色漆了一遍。后悔不已的大卫问约翰是如何发现这个秘密的。约翰笑着说：“你虽然能发现猫眼是珍珠的，但你没有想到，猫眼既然是珍珠做成的，那么它的全身会是由不值钱的黑铁所铸的吗？”

心灵寄语

事物之间不是孤立的，而是有着各种各样的联系。世间的发现，许多便是由这样那样的联系顺藤摸瓜而牵扯出来。因此，生活中不但要善于睁开敏锐的眼睛，还要打开心灵的眼睛。

智救马倌

雅　枫

曹冲是三国时曹操的儿子，聪明伶俐，遇事总能想出办法来，所以曹操十分喜爱他。

有一天，曹冲看见老马倌捧着马鞍子落泪，忙上前问道："老人家，你怎么了，出什么事了吗？"

原来，昨天晚上，曹操心爱的一副马鞍在仓库里被老鼠咬坏了。曹操若知道了，免不了要生气，老马倌说不定还要被杀头呢。

曹冲眼珠转了转说："老人家，不用着急，咱们这样……包你没事。"老马倌将信将疑，没有别的办法，只好答应照曹冲说的去做。

曹冲回到屋里，找出一件新衣服，用剪刀在上面戳了几个洞，然后穿在身上，找曹操去了。

一看到父亲，曹冲就号啕大哭起来。曹操十分奇怪，说："孩子，你怎么了，谁欺侮你了吗？"

"不，父亲，"曹冲边哭边说，"瞧，这是去年过生日时，您送给我的衣服，昨晚被老鼠咬破了。我知道自己有罪，请求父亲惩罚来了。"

曹操赶紧安慰："这不怪你，孩子。是老鼠的过错。怎能怪你呢，快别哭了。等会儿我再送给你一件新衣服好了。”

曹冲借着揩眼泪的工夫，悄悄向门外招了招手。早已等在那里的老马倌赶紧进了屋，双膝跪倒，向曹操报告了马鞍子的事，请求处罚。

曹操看看曹冲，领会了儿子的意图，就没有对老马倌进行处罚。

心灵寄语

这里曹冲使用的是类比的手法，既然曹操认同了衣服被老鼠咬破了是老鼠的责任，那么就不便说话不算话，自己否定自己的观点，而处罚因马鞍被老鼠咬坏了的老马倌，何况还有孩子的求情。无关大是大非，没有严重犯法的事情，处理起来可轻可重，其实都是可以想办法弥补的。

最完美的

沛　南

一位方丈想从本门最得意的两个徒弟中选一个做衣钵传人。但是，两个弟子都很努力，而且平时做功课、干活儿也都很勤奋，真是不好挑选。

一天，方丈终于想出了一个办法，于是，他把两个徒弟叫到跟前，对他们说，你们出去给我拣一片最完美的树叶。两个徒弟遵命而去。时间不久，大徒弟回来了，递给方丈一片并不漂亮的树叶，对师父说："这片树叶虽然并不完美，但它是我看到的最完整的树叶。"

二徒弟在外转了半天，最终空手而归，他对师父说："我见到了很多很多的树叶，但怎么也挑不出一片最完美的……"

最后，方丈把衣钵传给了大徒弟。

心灵寄语

世间本无完美，关键是我们怎样发现美。

习 惯

一般情况，你的善举会使人心存感激，但是有些时候，过分的善举往往会让人产生依赖。

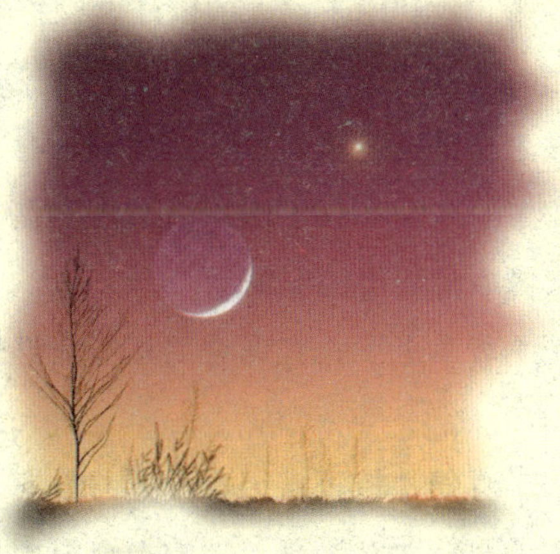

警惕不明不白的事

语　梅

克朗基特小时候住在豪斯顿。一天，他在一家杂货店看到一块手表，这块表的价格是一美元。由于他没有钱，而且也不可能很快就筹集到一笔钱，于是问店主能不能先把这块表给他，以后再分期付钱。店主同意了。

第二天，克朗基特偶然对母亲提起了这件事，母亲表示坚决反对他的这种做法。在她看来，他利用了别人的信任。她把钱付给店主后，回家来找儿子。

“难道你不明白吗？”她说，“你想买一块手表是无可非议的，但是你完全不明白该怎样挣这笔钱。尽管这里面不存在撒谎和欺骗，可是在这个事情上你显得太轻率了。这是一件不明不白的事。孩子，你应该注意，不明不白地处理事情，结果会把事情弄得一塌糊涂。”

母亲把手表拿走了，直到克朗基特能够挣到这笔钱，才能从她那儿把手表买来。

多年来，克朗基特一直记着母亲的教诲。作为新闻评论员，他必须始终警惕着不明不白的事情。对半真半假的报道避而远之，对听来很真实却没有真凭实据的故事置若罔闻。

一次，一些投机商愿意给克朗基特一大块土地，他们没有建议他在广播中谈论他们的资产，只是让他报道他在他们的地区拥有土地。但是克朗基特认为这是一件不明不白的事情，所以，拒绝接受他们赠给自己的土地。

心灵寄语

做事情要明明白白，这是一个很重要的提醒，如果我们在不明白的情况之下做事情，最终导致的可能就是这件事情的失败。就像文中的主人公，如果母亲不付钱，他自己不会赚钱，那么他对老板所做的承诺将是一个谎言。

马与虎斗

秋　旋

从前，有个人养了一匹马，这马极其高大、骏美、雄壮而有力气。它头上长着长长的鬃毛，长得遮住了眼睛。

主人常常把它放到山中去吃草，因为马强壮的外形，山中的野兽都不敢去和它较量。

有一天，它遇到一只老虎，老虎想吃掉它。它也不甘示弱，就扑向老虎，和老虎搏斗起来。整整搏斗了一天，但未分胜负，马只好退了下来回到家中。

看见马和老虎搏斗的人，向马的主人称赞马的勇敢善斗。主人高兴地说：“我的马真是很强壮呀！不过，我的马之所以没有战胜老虎，是因为它头上的鬃毛太长了，遮住了它的眼睛。如果把它头上的鬃毛剪掉，让它看得清楚些，它肯定会战胜老虎的。”于是便二话不说，拿出剪刀剪掉了它头上的鬃毛。

第二天，马的主人跟在马的后边，到了山上，果然看见一只老虎。马的主人本来想观看一下自己的马战胜老虎的壮观场面。没料到，马见了老虎之后，立刻惊慌失措，站不稳，还没斗过三个回合，马就被老虎吃掉了。

马的主人非常失望而惋惜。他在回家的路上一边走一边想：“马为什么昨天那样勇敢善斗，而今天却这样怯懦无力？”

主人百思不得其解，便去询问村里一位德高望重的老者。

老者知道了后，说：“天下的事成功在于勇敢，失败在于怯懦。马第一天因为鬃毛遮住了它的眼睛，不知道自己的对手是老虎，所以胆大勇猛，不知道害怕；第二天，它的鬃毛被剪短了，它看清楚了自己的对手是老虎了，所以精神上就胆怯、气馁，就失败了。”

明明昨天还是棋逢对手，今天一旦看清了对方是虎，马的心里顿时感觉到了虎的威杀之气，心中先起了寒意，勇气尽失，信心全无，其结果只能是兵败如山倒。兵书有云：“两军相逢勇者胜。”争斗双方实力相差无几的时候，信心与勇气便成了决定双方胜负的关键因素。

心灵寄语

很多时候，是经验让我们丧失了勇气。正如上面的故事，当马和虎势均力敌的时候，马还是依照经验认为自己不济，结果丢了性命。经验只是用来参考的，有些时候，我们需要的是抛开经验，鼓起勇气去尝试。

不要忘了自己的身份

诗 槐

爱丽娜刚从大学毕业，被分配在一个离家较远的公司上班。每天清晨 7 时，公司的专车会准时等候在一个地方接送她和她的同事们。

一个骤然寒冷的清晨，爱丽娜关闭了闹钟尖锐的铃声后，又稍微留恋了一会儿暖被窝——像在学校的时候一样。她尽可能最大限度地拖延一些时光，用来怀念以往不必为生活奔波的寒假日子。那一个清晨，她比平时迟了 5 分钟起床。可是就是这区区 5 分钟却让她付出了代价。

那天，当爱丽娜匆忙奔到专车等候的地点时，时间已是 7 点05分。班车开走了。站在空荡荡的马路边，她茫然若失，一种无助和受挫的感觉第一次向她袭来。

就在她懊悔沮丧的时候，她突然看到了公司的那辆蓝色轿车停在不远处的一幢大楼前。她想起了曾有同事指给她看过那是上司的车，她想：真是天无绝人之路。爱丽娜向那车跑去，在稍稍犹豫一下后，她打开车门，悄悄地坐了进去，并为自己的幸运而得意。

为上司开车的是一位温和的老司机。他从反光镜里看了她一会儿。然后，转过头来对她说：“小姐，你不应该坐这车。”

“可是，我今天的运气好。”她如释重负地说。

这时，上司拿着公文包飞快地走来。待他在前面习惯的位置上坐定后，才发现车里多了一个人，显然他很意外。

她赶忙解释说：“班车开走了，我想搭您的车子。”她以为这一切合情合理，因此说话的语气充满了轻松随意。

上司愣了一下。但很快明白了，他坚决地说：“不行，你没有资格坐这车。”然后用无可辩驳的语气命令道：“请你下去。”

爱丽娜一下子愣住了——这不仅是因为从小到大没有谁对她这样严厉过，还因为在这之前，她没有想过坐这车是需要一定身份的。以她平素的个性，她应该是重重地关上车门以显示她对小车的不屑一顾而后拂袖而去的。可是那一刻，她想起了迟到在公司的制度里将对她意味着什么，而且她那时非常看中这份工作。于是，一向聪明伶俐但缺乏生活经验的她变得异常无助。她用近乎乞求的语气对上司说：“不然，我会迟到的。所以，需要您的帮助。”

“迟到是你自己的事。”上司冷淡的语气没有一丝一毫的回旋余地。

她把求助的目光投向司机。可是老司机看着前方一言不发。委屈的泪水终于在她的眼眶里打转。然后，在绝望之余，她为他们的不近人情而固执地陷入了沉默的对抗。

他们在车上僵持了一会儿。最后，让她没有想到的是，他的上司打开车门走了出去。

坐在车后座的她，目瞪口呆地看着上司拿着公文包向前走去。他在凛冽的寒风中拦下了一辆出租车，飞驰而去。泪水终于顺着她的脸颊流淌下来。

他给了她一帆风顺的人生以当头棒喝的警醒。

心灵寄语

自己犯下的错误应想方设法自己去弥补，不要把希望寄托在别人身上，别人没有理由和责任为你分担。在任何时候，都不能忘记自己的身份，也不能忽视别人的身份。

把磨难和挫折当作一份“小礼物”

佚　名

伊琳·艾根曾在慈爱会中同广为美国人所敬爱的泰瑞莎修女共处三十多年。从她讲述的下面的故事里，可以看出泰瑞莎对待人生的态度：

一次，当我做完弥撒，和泰瑞莎院长谈到人世间诸多的困难挫折时，她对我说：“其实，世上的艰难困苦又何尝不是俯拾皆是，但如果我们视其为上天恩赐的礼物，那么人们周围便会减少几许悲观，平添些许快乐……”

不久以后，我和泰瑞莎院长乘飞机去纽约。但飞机起飞前却发生了故障，被迫停飞。

当时，我感到失望和沮丧，但想起了泰瑞莎院长曾说过的话，便这样对她说道：“院长，我们今天得到了一份‘小礼物’——我们得待在这儿等四个小时，你不能按计划赶回修道院了。”

泰瑞莎修女听完我的话，微笑着看了看我，然后便安然地坐下来，拿出一本书，静静地读了起来。

每当我们在生活中遇到磨难与挫折时，不妨用这样的话语来表达：“今天我们又得到了一份礼物”、“嘿，这可真是个特殊的大礼物”……这些话有着神奇的效果，往往就在不经意间，困顿难释的心境变得开朗，莫名的烦恼也消失不见，连微笑也会在说话间悄悄爬上你的脸颊。

如果我们在生活中遇到磨难和挫折时，都把它们当作一份“小礼物”，该会减少多少不必要的烦恼啊！

心灵寄语

当今的社会竞争激烈，人们的压力很大。良好的心态往往是我们成功的保证。努力看到事情好的一面，即使是坏事也会为我们提供宝贵的经验。

一袋宝石

雨　蝶

一个清晨，天还未亮，渔夫就来到河边准备撒网，在岸边他感觉到有什么东西在他的脚下，一摸是一小袋的石头。他捡起袋子，将渔网放在一旁，坐在岸边等待日出。

他在等待黎明，以便开始一天的工作，他懒洋洋地从袋子里拿出一块石头丢进水里，然后又把一块石头丢进水里。因为没有其他事可做，他继续把石头一块一块地丢进水里。

慢慢地，太阳就要出来了，大地重现光明。这时除了手里最后一块石头之外其他的石头都已经丢光了。当他借着天亮的光线，终于看清自己手中所拿的东西时，他的心跳几乎停止，那是一颗宝石！在黑暗中，他竟然把整袋的宝石都丢光了！

在不知不觉当中，他的损失有多少？他充满懊悔，咒骂自己，伤心地哭了起来。

他在无意间获得的财富足以改变他的生活，然而在不知不觉中，在黑暗中，他又把它们丢掉了。

心灵寄语

在人生之路上，每个人都会有不同的机遇，不少的收获，只是有不少机遇从我们身边溜走了，即便是曾经得到过的，也因为不曾用心准备没有努力追求或身处黑暗或有眼无珠等种种原因，而任其得而复失，徒留遗憾。譬如时光的厚重赐予，大自然的风情；譬如童年的纯洁欢乐，亲密的亲情友谊，美好的爱情；譬如自己各种天赋潜能；譬如正直真诚；譬如内心的宁静，如此种种，试问内心，原本一个富豪，曾经失去多少？如今手头还握有多少？未来又还能保留多少？

月薪一万日元

晓　雪

报社的一位年轻记者去采访日本著名企业家松下幸之助。

年轻人非常珍惜这次来之不易的采访机会，做了认真的准备，因此，他与松下先生谈得很愉快。采访结束后，松下先生亲切地问年轻人："小伙子，你一个月的薪水是多少？"

年轻人不好意思地回答："薪水很少，一个月才一万日元。"

松下先生微笑着对年轻人说："很好！虽然你现在的薪水只有一万日元，但是，你知道吗？你的薪水远远不止一万日元。"

年轻人听后，感到难以理解。看到年轻人一脸的疑惑，松下先生接着说："小伙子，你要知道，你今天能争取到采访我的机会，明天也就同样能争取到采访其他名人的机会，这就证明你在采访方面有一定的潜力。如果你能多多挖掘这方面的才能和多多积累这方面的经验，这就像你在银行存钱一样，钱存进了银行是会生利息的，而你的才能也会在社会的银行里生利息，将来能连本带利地还给你。"

松下先生满含深意的一番话，打开了年轻人观念的抽屉，使他茅塞顿开，豁然开朗，许多年后，年轻人做了报社社长。

心灵寄语

对年轻人来说，注重才能的积累远比注重目前薪水的多少更重要，毕竟，目前薪水再高一点，也是千金到手易散尽；而才能却是最厚重的资本，终身受用，才能及身，千金散尽还复来。

放慢脚步，聆听别人的心音

忆　莲

去年7月，我爱上一个上海男人，典型的小资。去他那里住了三个月，竟然也染了一身的小资气息。我回家乘的是一列特快车，经过一天一夜的长途跋涉，我有气无力地靠在座位上胡乱地发手机短信。

凌晨时，到了一个小站，一个闷声闷气的粗嗓门儿吓了我一跳："同志，请让一下！"我尽可能地将身子挪了一下，粗嗓门儿便一屁股把座位坐得很响。我漠然地打量他，这是一个大约30岁的粗壮男人，背了一个重量不亚于我体重的大黄包，穿着俗气无比的黄褂子和黑布鞋。

我发完了短信，轻轻将眼睛闭上。"同志，你……你是湖南人，我没猜错吧？"粗壮男人呼哧呼哧将他的大包塞好后，用没有一点儿语调的声音直着嗓子问我。我睁开眼睛，着实有些吃惊。我不习惯在公共场合跟一个陌生男子交谈，况且我和他显然不会有什么共同语言。

于是，我迟疑一下，很不自然地回答了他："是的。""你有20出头？"粗壮男人听了我的回答非常兴奋，满足地笑起来，又小心翼翼地扭过头来继续猜测："还在读书？""我已经毕业了，我在网络公司工作。"我用普通话回答他。从我的语气里，不难听出我对他的厌烦和“到此为止”的暗示。

可是他却像孩子一样更加兴致勃勃，甚至带着一点巴结的口吻，滔滔不绝地说起来。一会儿是他的女朋友，一会儿是他的邻居，一会儿是他年轻时的铁哥们儿。我根本就没有心思听，我觉得他说的好像是很久以前的事情了，断断续续没有中心。我不得不开始怀疑他和我说话的动机了。骗子？人贩子？流氓？刚开始我还有点儿礼貌地动动自己的手指向他示意我在听，显示着自己的优雅。可是他越说嗓门儿越大，并且越说越乱，很多人开始往我们这里看，我不禁有些厌恶地把脸转向窗外。过了一会儿，他忽然问我：“姑娘，你说我说得对吗？”

我终于愤怒地把脸转回去低声说：“你有病哦！”

他愣了一下，马上闭上了嘴巴，眼神像受了委屈的孩子一般黯然失色。沉默了大约10分钟，他才开口：“姑娘，我坐了 8 年牢，今天刚出狱……你是第一个跟我讲话的人。”说完他很自然地低下头，然后一言不发了。

我的心像被什么猛地撞了一下，坐在原处的身体晃了晃，不知道该对他说什么好。我真的希望他能像刚才那样孩子气地和我说下去，虽然举止自卑却掩盖不了一脸的兴奋。

直到下午，粗壮男人的头都一直低着。我想了很多办法企图打破沉闷，但是他都不再接我的话。我的心情一直不能平静，也就只好沉默着看着他沉默。晚上，火车在一个大站停下来，他好像到站了。他站起来开始清理他的行李。当他背上那个大黄包准备转身的时候，忽然看了我一眼，然后就转身下车了。

看着他的背影，愧疚像藤蔓一样缠绕得我几乎窒息。对于一个 8 年不曾呼吸自由空气的男

人，我无从猜测他心底敏感、脆弱和感恩的程度。也许，就像每一个人的心灵深处都有那么一点儿不易被察觉的疼痛之处，都渴望别人的一句哪怕简简单单的关怀一样，他更加渴望温暖和友好。可是却没有人能注意到他的悲喜。

其实很多时候，很多人需要的只是我们能够微笑着耐心听完他们的话。也许这份耐心，就能令他欣喜若狂，成为他们开始新生活的最大鼓励。

心灵寄语

也许我们都曾因为冷漠有意或无意间伤过别人的心，过后即使想补救也可能少有机会。其实要避免出现这样的悔事很简单：与人为善，对他人多一些耐心，多一个微笑，我们自己也会心情愉快的。

鹨雀笑鹏

佚 名

相传远古时候有一种大鸟，名叫鹏。这种鸟外形其大无比，它的脊背好似巍峨的泰山，它展开双翅，宛如遮天的乌云。平时它收起翅膀，栖息在北山之上，须待到六月间羊角旋风刮来，鹏便借着风势，舒展双翼，乘风直上九万里。然后背负青天，翅绝云气，直飞向南，最后在南海上降落。

有一只小鹨雀在刺棵草丛里蹦蹦跳跳，抬头看见鹏掠天而来，便唧唧喳喳笑着对同伴说："瞧这个笨重的家伙，没有大风就飞不起来，多么可笑！我虽然跳不到一尺，飞不过数丈，可是爱跳就跳，爱飞就飞，在麻蓬荆棘之处钻进钻出多么自在，可它呢，哈哈，看它飞到哪里去！"

它的同伴非常严肃地说："尽管你飞行不需要借助大风，但是你永远也达不到鹏那样的高度。"

心灵寄语

正所谓，燕雀安知鸿鹄之志。目光短浅的人永远不会知道胸怀大志之人的抱负。

聪明的卡巴延

雁　丹

“卡巴延，我听说你生性聪明，”西拉赫说，“如果是真的，你能数出天上有多少星星吗？”

卡巴延随手抓起一把沙子递给西拉赫，然后说：“喏！和这沙子一样多。”

“多少？”

“数吧！沙子有多少，星星就有多少。”

西拉赫不认输，接着又问：“卡巴延，要是你真的聪明，请你用水把我的手捆起来吧！”

“好吧！我得先用水搓条绳子才行。”

“搓吧！假如你是个足智多谋的人。”

“好说，不过你得先给我个样子。”

西拉赫还不服输，还要再考卡巴延，说：“卡巴延，你曾遇见过鬼吗？”

“现在我正和他面对面呢。”卡巴延说。

卡巴延的回答伤了西拉赫的自尊心，所以他不愿再和卡巴延继续交谈，扭头回去了。

心灵寄语

无论怎样不可能的事情，若推算起来，也有它的前因后果，有前后步骤，有与它相关联之事。因此，若遇到此类的困难，你只需将计就计，将这些东西拉出来踢回给对方就行了。

习　惯

尹玉生

卡罗尔决定为她的邻居史密斯夫人做点儿事情，以表示友好。于是，她精心烘烤了一个馅饼来到了邻居家门前，当史密斯夫人打开房门，望着卡罗尔手里拿着的馅饼，她惊喜万分，激动地说道：“是给我的吗？太感谢你了，你想象不到我有多么感激！你太体贴、太热心了！谢谢你！”

看到史密斯夫人这么喜欢她的馅饼，卡罗尔打算下周再为她烘烤一个。又过了一周，卡罗尔拿着馅饼再次来到邻居家门前，史密斯夫人简短地回答道：“谢谢。”一周后，卡罗尔又烤了一个馅饼送了过来，史密斯夫人应道：“这次的馅饼送来得有点儿晚啊。”接下来的一周，卡罗尔一如既往地为史密斯夫人送来了馅饼，这次，她的邻居说道：“你可以试着多放点糖，不要烤那么长时间，最近这两次的馅饼皮都有点儿硬，下次我希望你用樱桃馅的，别老是用苹果馅。”

这一周，卡罗尔非常繁忙，没顾上为她的邻居烤馅饼，当卡罗尔外出去商店的时候，正好路过史密斯夫人的家门，史密斯夫人透过窗户看到卡罗尔手里空空如也，于是，她从窗户里伸出脑袋，愤然叫道：“我的馅饼呢？！”

对于他人的友善之举，我们常心存感激，倒用不了多长时间，我们就会把它当作是理所当然的事情。

心灵寄语

一般情况，你的善举会使人心存感激，但是有些时候，过分的善举往往会让人产生依赖。

8岁的圣诞老人

马丁·布朗

时光已经过去40年了，但当时和祖母一起守在波比家门前灌木丛中的激动和兴奋丝毫没有褪色。

我还记得和祖父度过的第一个圣诞。那时我还是个孩子，我骑着自行车风驰电掣般穿过城镇，去找我的祖母。因为我的姐姐对我说："根本就没有圣诞老人。"这句话对我而言无异于晴天霹雳。

我祖母是个痛快人，从不会说谎。那天我飞奔到她那儿是因为我知道她会告诉我真相。她总是实话实说，特别是吃上她举世闻名的桂皮面包，实话会更为中听。

祖母在家，面包还冒着热气，我一边大口大口嚼着面包，一边把事情一五一十地告诉她。

"没有圣诞老人？"祖母嗤之以鼻，"胡说八道！别相信那个。这谣言已经流传了好多年了，都快把我逼疯了。现在穿上你的大衣，我们走。"

"走？去哪儿？奶奶？"我问。我的第二块桂皮面包还没有吃完啊。

"哪儿"原来是克比百货店，这是镇上唯一一家百货商店。我们走进商店大门，祖母递给我10美元。在那时这可是一大笔钱啊！“拿着这钱，给需要的人买点东西，我在汽车里等你。”说完她转身走出了克比百货店。

我只有 8 岁，常和母亲一起购物。但自己做主买东西还是第一次，商店里满是圣诞购物的人流。好一会儿，我只是呆呆地站在那儿，手里拿着10美元，绞尽脑汁地想买什么东西，给谁买。我把我认识的人一一想了个遍：我的家人、朋友、学校里的伙伴，还有一起去教堂的人。当我突然想到波比·德克尔的时候，我有了主意，他是一个有口臭、头发蓬乱的孩子。在波拉克夫人的二年级班上，他坐在我的正后方，波比·德克尔从不在冬天课间出外运动。她母亲总是带口信给老师说他感冒了。但所有的孩子都知道他没有感冒，他只是没有大衣。我手里捏着10美元，渐渐地激动起来，我要给波比·德克尔买一件大衣，我选中了一件红色灯芯绒带风帽的。它看起来够暖和，他会喜欢的。

“是给谁的圣诞礼物呢？”我把10美元放在柜台上，柜台后的售货员和蔼地问。

“波比，”我腼腆地答道，“是给波比的。”

那个漂亮的售货员冲我笑笑，把大衣包好，然后祝我圣诞快乐。

那天晚上，祖母帮我把大衣用玻璃纸和彩带包好，然后在上面写上“给波比。圣诞老人”，祖母说圣诞老人总是要保密的，然后她开车带我去波比家，她解释说这样做以后我就成为圣诞老人的正式助手了。

祖母把车停在波比家旁边的街上，她和我悄无声息地潜伏到波比家旁的灌木丛中藏好。祖母推了我一把：“好了，圣诞老人。”她低声说，“去吧。”

我深吸了一口气，冲到波比家的前门，把礼物放在台阶上，按响了门铃，然后飞快地跑回灌木丛中，和祖母待在一起。我们在黑暗中屏息等待着……门打开了，波比站在那儿。

时光已经过去40年了，但当时和祖母一起守在波比家门前灌木丛中的激动和兴奋丝毫没有褪色。那天晚上我认识到，那些关于没有圣诞老人的可恶的谣言就像祖母说的一样是“胡说八道”。圣诞老人不仅活着，而且活得很好。我们都是他的助手。

心灵寄语

予人快乐，自己快乐。当你在抱怨世事不够美好的时候，为什么不自己去做做好事呢?

助人者就是天使

F. 奥斯勒

纽约城的老报人协会定期聚餐，席间大家常常讲些往事助兴。这天，老报人威廉·比尔先生——这个协会的副主席，讲了一段自己的经历。

比尔10岁那年，妈妈死了；接着，爸爸也死了，留下 7 个孤儿——5个男孩儿，2个女孩儿。一个穷亲戚收留了比尔，其他几个则进了孤儿院。

比尔靠卖报养活自己。那年月，报童有菜园里的蚂蚁那么多，瘦小个子的便不容易争到地盘。比尔常常挨揍，吃尽苦头。从炎热的夏日到冰封的隆冬，比尔在人行道上叫卖。比尔小小的年纪，已学会愤世嫉俗。

一个暮春的下午，一辆电车拐过街角停下，比尔迎上去准备通过车窗卖几份报。车正在启动的时候，一个胖男子站在车尾踏板上说："卖报的，来两份！"

比尔迎上前去送上两份报。车开动了，那胖男人举起一角硬币只管大笑。比尔追着说："先生，给钱。"

"你跳上踏板，我给一角。"他哈哈笑着，把那个硬币在两个掌心里搓着。车子越来越快。

比尔把一袋报纸从腋下转到肩上，纵身一跃想跨上踏板，脚却一滑仰天摔倒。他正在爬起，后边一辆马车"吱"的一声擦着他停下。

车上一个拿着一束玫瑰花的妇人，眼里噙着泪花，冲着电车骂粗话：“这该死的灭绝人性的东西，可恶！”然后又俯身对比尔说：“孩子，我都看见了。你在这儿等着，我就回来。”随即对马车夫说：“马克，追上去，宰了他！”

比尔爬起来，擦干眼泪，认出拿玫瑰花的妇人就是电影海报上画着的大明星梅欧文小姐。

十分钟后，马车转回来了，女明星招呼比尔上了车，对马车夫说：

“马克，给他讲讲你都干了些什么。”

“我一把揪住那家伙，”马克咬牙说，“左右开弓把他两眼揍了个乌青，又往他太阳穴补了一拳。报钱也追回来了。”说着，把一枚硬币放在比尔的手中。

“孩子，你听我说，”梅欧文对比尔说，“你不要碰到这种坏蛋就把人都看坏了。世上坏蛋是不少，但大多数都是好人——像你，像我，我们都是好人，是不是？”

好多年后，比尔又一次品味马克痛快的描述时，猛然怀疑起来：只那么一会儿，能来得及追上那家伙，还痛痛快快地揍他一顿吗？

不错，马车甚至连电车的影子也没追着，它在前面街角拐个弯，掉过头，便又径直向孩子赶来，向一颗受了伤充满怨恨的心赶来。而马克那想象丰富的哄骗描述，倒也真是一剂安慰幼小心灵的良药，让小比尔觉得人间还有正义，还有爱。

比尔后来还经历过千辛万苦。他没有上过正规学校，仅凭自学当上了记者，又成了编辑，还赢得了新闻界的声誉。他的弟弟妹妹们后来也团聚了。

比尔向他的报界同仁说：

“谢谢上帝，艰难困苦是好东西，我感激它。不过我更要感激梅欧文小姐，感激她那天的火气、她眼里的泪花和她手中的玫瑰，靠了这些，我才没有沉沦，没有一味地把世界连同自己恨死。”

心灵寄语

不要因为世界上有黑暗就认为世上没有光明，也不要因为别人冷漠就拒绝向他人提供帮助。

幸福玫瑰

阿戈·登易铭

每星期六的晚上我都要给凯洛琳小姐送去一朵玫瑰。那些日子里，我在放学后和星期六在奥森老爹的花店替他送花，周薪只有三美元，不过对于一个十几岁的孩子来说，这些钱已经不少了。

有人送花给凯洛琳小姐，我很高兴，因为大家都可怜她。我们小城里的人都知道，凯洛琳小姐最倒霉不过，她被人抛弃了，她与杰弗里·潘尼曼已订婚多年。她等他读完医学院，在他担任医院实习生时她还在等他。实习期间，潘尼曼医生爱上了一个年轻漂亮的女郎，和她结了婚。

潘尼曼娶的那个女郎的确是个美人，名叫克丽丝汀·马洛，是从大城市来的。至于可怜的凯洛琳小姐，这件事可把她害惨了。她好像打定主意要使自己变成一个脾气怪僻的老小姐。我送第一朵玫瑰去的那天晚上，她看上去像个鬼。“喂，吉米，”她无精打采地说，我把那个盒子递给她，她满脸惊讶——“这真的是给我的吗？”

第二个星期六，在同一时间，我又送一朵玫瑰给凯洛琳小姐。下个星期六，又是一朵。第四次她很快就开了门，我知道她一定在等待着我。她的两颊略微红润，头发也不那么散乱了。

我又给她送去了第五朵玫瑰，第二天早晨，凯洛琳小姐又去教学生弹风琴了。我看见她衣襟上别着朵玫瑰。她昂首挺胸，对潘尼曼医生和他娇妻坐的那排座位连看都不看一眼。“多么有骨气！”我母亲说。

我照例每周末去送玫瑰，凯洛琳小姐逐渐恢复了正常的生活。

这一晚是我去凯洛琳小姐家的最后一个晚上。我把盒子递给她，说：“凯洛琳小姐，这是我最后一次给你送花了。我们下星期要搬到别的地方去。不过，奥森先生说他会继续送花来的。”

她踌躇片刻，说：“吉米，你进来一下。”

她把我领到整洁的客厅，从壁炉架上拿下一个精雕的帆船模型。“这是我祖父的，”她说，“我要送给你。你给我带来了莫大的快乐。吉米——你和那些玫瑰。”

她把盒子打开，轻触娇嫩的花瓣。

我紧抓住我的帆船模型，跑到自行车那里。回到花店，我做了一件从来不敢做的事情。我去找奥森先生那凌乱的文件夹，找到了我所要找的东西。只见上面是奥森先生潦草难辨的笔迹：“潘尼曼，52朵美国红玫瑰，每朵 2 角 5 分，共计13元。已全部预付。”

原来如此，我暗自思忖，原来如此！

许多年过去了。有一天，我又来到了奥森花店。一切都没有改变。奥森老爹还像往常一样在做一个栀子花束。

我跟他聊了一阵，随后问：“凯洛琳小姐现在怎样了？就是接受玫瑰的那一位。”

“凯洛琳小姐？”他点点头，“当然记得。她嫁给了乔治·霍尔西，那个开药店的，人不错。他们生了对双胞胎。”

“哦！”我说，有点儿惊讶。我想让奥森老爹知道我当年有多么精明。“你猜想，”我说，“潘尼曼太太知不知道她丈夫送花给他的老相好凯洛琳呢？”

奥森老爹叹了口气："詹姆斯，你向来就不太聪明。送花的不是杰弗里·潘尼曼。他甚至根本就不知道这回事。"

我瞪眼看着他："那么花是谁送的？"

"一位太太，"奥森先生说。他小心翼翼地把栀子花放进盒子，"那位太太说她可不肯坐视凯洛琳小姐因为她而毁了自己。送花的是克丽丝汀·潘尼曼。"

心灵寄语

伤害过别人，忏悔不一定是最好的方法。有些时候，暗中的安慰和支持，帮助其重拾信心更能让人接受，也更有效。

所树非人

采　青

春秋时期，魏文侯在位的时候，有一个叫子质的人因为做官犯了罪，文侯罚他永世不得踏入魏国半步。

于是，他不得不离开魏国北上谋生，辗转来到了赵国。

他觐见赵简子并说：“我算是看明白了，从今以后，我再也不对别人施恩德了。”

赵简子说：“为什么呢？”

子质愤愤不平地说：“魏国殿堂上的士、卿由我培养提拔的占一半，朝廷里的大夫由我培养提拔的占一半，边境守卫的人由我培养提拔的也占一半。谁料到如今殿堂上的士在君主面前说我的坏话，朝廷里的大夫用法律威吓我，边境守卫的人拿着武器拦击我，我已经心灰意冷了，所以我不再对别人施德了。”

赵简子说：“噫！您的话错了。打个比方吧，如果春天栽种桃李，夏天就可以在桃李树下乘凉，秋天就可以吃到桃李树的果实。但是如果春天栽种蒺藜，夏天就不可以采摘它的叶子，秋天也只能得到它长成的刺啊。由此看来，结什么样的果实在于栽种什么树。现在您所培养提拔的人不对啊。所以君子应该事先选准对象再培养提拔。”

心灵寄语

这个故事对一些领导是一个警醒，用人选拔的时候一定要考察好该人的本性，若此人狼子野心，则官职晋升得愈高祸害愈大。

敬 启

本书的编选参阅了一些期刊报纸和著作的文字以及图片，由于多种原因我们未能与部分入选文章和图片的作者（或译者）联系。敬请原作者（或译者）见到本书后，及时与我们联系，我们将按国家有关规定支付稿酬并赠送样书。

编委会

邮箱：chengchengtushu@sina.com